James Aldridge

Der wunderbare Mongole

Unserer lieben Kebje zum
13. Geburtstag von
Opa und Oma

James Aldridge

Der wunderbare Mongole

Deutsch
von
Utta Roy-Seifert

Aufbau-Verlag
Berlin und Weimar
1988

Titel der englischen Originalausgabe
The Marvellous Mongolian
Mit Illustrationen von Dieter Müller

3. Auflage 1988
Aufbau-Verlag Berlin und Weimar
Ausgabe für die Deutsche Demokratische Republik
mit Genehmigung der Paul Zsolnay Verlag Gesellschaft m. b. H.,
Wien/Hamburg

Einbandgestaltung Dieter Müller
Typographie Manfred Damaszynski
Offizin Andersen Nexö, Graphischer Großbetrieb, Leipzig III/18/38
Printed in the German Democratic Republic
Lizenznummer 301. 120/224/88
Bestellnummer 611 849 3
01200

ISBN 3-351-00965-8

1

Liebe englische Freundin Kitty Jamieson!

Ich schicke Dir diesen Brief mit Deinem Großvater, Professor J. J. Jamieson, weil er mir von Dir und Deinem Pony Petti erzählt hat. Er wird Dir vielleicht auch von mir erzählen, aber falls er es nicht tut, berichte ich Dir, daß ich ein Mongolenjunge bin und Baryut Mingha heiße. Diesen Brief schreibt meine Tante Seroghli auf englisch. Sie ist Englischlehrerin an einem unserer mongolischen Institute für Fremdsprachen. Ich erzähle ihr auf mongolisch, was ich sagen will, und sie schreibt es auf englisch (mit nicht zu vielen Fehlern, wie sie hofft).

Aber ich will gar nicht von mir erzählen, sondern von dem wilden Hengst, den Dein Großvater aus unserem fernen Land mit nach Hause in Euren Naturschutzpark in Wales nimmt. Dort, sagt er, hast Du Dein eigenes kleines Pony, das jetzt die Gefährtin unseres wilden Berghengstes werden soll. Ich hoffe, Dein Pony Petti wird ihm eine gute Gefährtin sein. Ist denn Deine kleine Ponystute wirklich so zahm, wie Dein Großvater erzählt, und läuft Dir nach wie ein Hund? Dann bin ich nämlich sehr gespannt, was geschehen wird, wenn die zwei sich begegnen. Denn unser wilder Berghengst ist eines der ungebärdigsten Pferde, die meiner Familie — wir sind alle Pferdehirten — je vorgekommen sind.

Ich will Dir von ihm erzählen, wie er entdeckt worden ist und wie er schließlich gefangen wurde.

Wir wissen heute, daß unser mongolisches Bergwildpferd das seltenste Pferd der Welt ist. Die Wissenschaftler glaubten sogar, es gäbe überhaupt keine mehr, nicht einmal in den entlegenen Steppen und Bergen unseres Landes. In Europa wird unser Wildpferd Przewalskipferd genannt, nach dem russischen Reisenden, der 1882 hier eins gefangen hat. Aber wir in der Mongolei nennen es einfach Tahk. Deshalb hat Dein Großvater den Hengst, den wir gefangen haben, Tachi genannt.

Früher jagte mein Volk die Wildpferde ihrer Felle und ihres Fleisches wegen. Aber vor ungefähr fünfzig Jahren erzählten uns Wissenschaftler, welch große Bedeutung diese Pferde haben, und erklärten uns, daß sie etwas Besonderes sind: Nachkommen des vorgeschichtlichen Pferdes, das es schon viel früher gab als uns Menschen. Sie haben sich überhaupt nicht verändert, weil der Mensch sie niemals zähmen oder zu Haustieren machen konnte. Genau dieselben Pferde wurden von Menschen der Vorzeit an die Wände der Höhlen in Frankreich gemalt, wo man sie heute noch sehen kann. Als wir erfuhren, wie wichtig und selten diese Wildpferde waren, hörten wir auf, sie zu jagen. Das ist mehr als vierzig Jahre her. Leider waren da schon nicht mehr sehr viele übriggeblieben. Während der letzten dreißig Jahre glaubten die meisten unserer Wissenschaftler und auch die Wissenschaftler der übrigen Welt, daß unser Wildpferd ausgestorben wäre. Sie hatten unser ganzes Land nach ihm durchforscht und keins gefunden. Nur in den Tiergärten gab es noch ein paar, aber die waren ja eigentlich keine wirklich wilden Pferde mehr.

Ich selbst hatte nie ein Wildpferd gesehen. Seit ich alt genug war, auf meinem eigenen Pony — es heißt Beta — unseren zahmen Herden zu folgen, zog ich mit ihnen über die Berge und Täler unseres Distrikts. Aber ich kam niemals auf die Idee, nach Wildpferden Ausschau zu halten, weil ich ja wußte, daß es keine mehr gab. Mein Vater, mein Großvater und meine Onkel haben mir jedoch alles über die wilden Herden erzählt, die früher unser Weideland durchstreiften, dort, wo die Berge nach und nach in die weite, menschenleere Hochebene übergehen, und dort, wo die Bergtäler so steil sind, daß man nicht hinunterreiten kann.

Eines Tages aber verfolgte ich zwei unserer Pferde, die sich verirrt hatten, weiter als gewöhnlich in das einsame Bergland. Es gibt da viele kleine, tiefeingeschnittene felsige Täler, wo kein Mensch mehr hinkommt. Dort sah ich zwei merkwürdige Pferde von rötlich dunkler Färbung. Ihr würdet sie Ponys nennen, denn sie waren ziemlich klein. Sie lagen neben einem neugeborenen Fohlen. Ich kenne alle unsere Pferde und wußte sofort, daß diese beiden Pferde und das Fohlen nicht zu unserer Herde gehörten. Man lernt in unserem Land, sich sehr still, vorsichtig und geduldig zu verhalten, wenn man verirrte und ungehorsame Pferde des Kollektivs verfolgt. Daher saß ich vorerst ab und beobachtete sie. Ich konnte erkennen, daß sie anders gezeichnet waren, eine andere Farbe und größere Köpfe hatten — viel größere Köpfe als unsere Pferde.

Als ich nun darüber nachzudenken begann, erkannte ich voller Aufregung, daß es Wildpferde waren, die ich da vor mir hatte — echte mongolische Wildpferde, von denen man in der ganzen Welt glaubte, sie wären ausgestorben.

Ich blieb ganz still liegen, dennoch traute ich meinen Augen nicht. Ich wußte, irgendwo mußten mehr von ihnen sein, und ich wollte abwarten, wohin diese beiden Wildpferde gehen würden. Aber Beta, mein eigenes Pferd, nahm die Witterung der Wildpferde auf und wurde plötzlich sehr nervös und unruhig, so als hätte es vor etwas Angst. Mein Vater hatte mir oft erzählt, daß ein wilder Hengst alles und jedes bekämpfte und tötete, was ihn bedrohte – sogar einen Menschen. Daher wußte ich, warum Beta nervös war.

„Ruhig!" flüsterte ich Beta ärgerlich zu.

Es war zu spät. Die beiden Wildpferde waren plötzlich auf den Beinen und versuchten, auch das Fohlen zum Aufstehen zu bewegen.

„Dann geh weg", sagte ich wütend zu Beta und ließ ihn frei. Ich wußte, Beta würde nicht weit weglaufen, und ich wollte dort bleiben und die Wildpferde beobachten. Noch hoffte ich, sie würden nicht fliehen. Sie schienen auf das neugeborene Fohlen zu warten, aber als es endlich auf seine schwachen Beine kam, fiel es auch schon wieder hin.

Ich lag ganz still. Sie stießen jetzt das Fohlen mit ihren Nasen und Hufen an und hoben nervös die Köpfe. Dann rief eins von ihnen mit den Lippen – wir nennen das in unserer Gegend hier Grasflüstern –, und ich sah einen wütenden jungen Hengst auf sie zugaloppieren. Er machte neben dem Fohlen und den Pferden halt, stand ganz still und sah zu mir herauf, auf die andere Seite des tiefen Tales. Er stampfte mit den Hufen, denn er wußte, daß ich dort war. Offenbar wollte er mir drohen, selbst auf diese Entfernung hin. Inzwischen hatten die beiden anderen Pferde das Fohlen sicher auf die Beine gebracht, sie galoppierten davon und waren bald außer Sicht.

Das also war meine erste Begegnung mit dem wilden jungen Hengst, den Du jetzt als „Tachi" kennst.

Zuerst wollte ich niemandem von den Wildpferden erzählen, nicht einmal meinem Vater oder meiner Schwester Miza oder meinem Bruder Inja. Es ist sehr schwer zu erklären, warum niemand von den Pferden erfahren sollte. Aber ich fürchtete, wenn ich es weitererzählte, und sei es auch nur meiner Schwester, würden Wissenschaftler aus der ganzen Welt in Flugzeugen und Hubschraubern kommen, um die Wildpferde zu sehen. Das würde die Pferde nur erschrecken und sie verjagen. Sie würden wahrscheinlich in die angrenzende Wüste fliehen, wo wir sie nie fänden und wo sie ganz einfach verhungern müßten. So ist es jedenfalls vor vielen Jahren einigen Wildpferden ergangen; sie flüchteten lieber in die Wüste, als sich fangen zu lassen.

Ich erzählte es also niemandem. Vielleicht denkt Ihr in England anders über Pferde als wir hier. In unserem Distrikt hier leben wir von unseren Pferden. Wir züchten sie und hüten sie, wir trinken ihre Milch und essen den Käse, den wir daraus machen. Wir verwenden ihre Häute und Felle und essen ihr Fleisch. Manche unserer Häuser – wir nennen sie Zelte oder Jurten – werden noch immer aus ihren Fellen gemacht. Das war die Lebensweise unseres Volkes durch viele hundert Jahre. Heute leben wir in einem Kollektiv, haben unsere eigenen Schulen, und unser Leben ist kultivierter und glücklicher geworden. Aber niemand ist den Pferden so eng verbunden wie wir. Das sagt jedenfalls meine Tante Seroghli.

Du wirst also sicher verstehen, daß wir in früheren Zeiten wohl viele dieser seltenen Wildpferde gejagt und getötet haben, aber niemals aus sportlichen Gründen. Es war für uns ganz einfach lebensnotwendig. Was unsere eigene Pferdeherde betrifft, so treiben wir sie das Jahr hindurch über unser Steppenweideland, das sich mehr als hundert Kilometer weit ausdehnt. Das

Pferd ist also kein Tier, auf dem wir zu unserem Vergnügen reiten oder mit dem wir arbeiten wie die Cowboys in Amerika. Es ist das Allerwichtigste in unserem Leben hier. Deshalb wußte ich, daß ich auf diese Wildpferde achtgeben und dafür sorgen mußte, daß ihnen kein Leid geschah.

Am nächsten Tag ritt ich wieder in die Berge, ließ Beta in einem kleinen Tal zurück, kletterte hinauf zum Kamm des Bergrückens und blickte dann auf den grasbewachsenen Grund auf der anderen Seite.

„Ich habe Glück", flüsterte ich vor mich hin.

Die wilde Herde war wieder da, und diesmal konnte ich etwa fünfundzwanzig Pferde sehen. Einige standen zwischen den Felsblöcken, andere lagen im Gras. Vier Fohlen waren dabei, die komischsten, die Du Dir vorstellen kannst. Mit ihren großen Köpfen und den dicken, kraftlosen Beinen sahen sie aus wie Clowns im Zirkus, die sich als Pferde verkleiden, mit einem Mann vorne und einem hinten, mit schwachen Beinen und einem großen, wackeligen Kopf.

Ich hielt Ausschau nach dem jungen Hengst, aber er war anscheinend nicht da. Dann suchte ich sorgfältig die Berghänge ab und entdeckte ihn weiter oben auf der anderen Seite des Tales. Er schüttelte den Kopf und peitschte die Luft mit seinem Schweif. Daran erkannte ich ihn. Er war der kühnste und zornigste von allen jungen Hengsten der Herde, das war klar zu erkennen. Aber er war offenbar noch nicht ihr Anführer. Er war viel zu jung.

Mein Großvater hatte mir Geschichten davon erzählt, wie die Wildhengste einander bekämpften, einander sogar töteten, um Anführer einer Herde zu werden. Am heftigsten kämpften sie um die Stuten. Wenn aber ein Hengst einmal Anführer einer

Herde war, dann mußte er sie behüten, sie tapfer verteidigen, sie zusammenhalten und sie antreiben, wenn Gefahr drohte. Vor allem mußte er gegen alle Gefahren kämpfen. Ich wußte, daß dieser junge Hengst eines Tages Anführer dieser Herde werden würde, denn er war schon jetzt sehr klug und mutig. Er war der einzige, der nun erkannte, daß ich sie von der anderen Seite des Tales her beobachtete, und er lief hinunter, stieß und bestürmte die anderen Pferde und versuchte so, sie in Bewegung zu setzen.

Sie beachteten ihn nicht, und einer der älteren Hengste wandte sich schließlich um und schlug ihn heftig mit den Hinterhufen. Das tun sie immer zuerst, wenn sie einander bekämpfen oder zurechtweisen. Tachi (so werde ich ihn von jetzt ab nennen) drehte sich um und schlug ebenfalls aus. Aber der alte Hengst war schneller, er wirbelte herum und biß Tachi in den Widerrist, ehe er ausweichen konnte. Auch eine Stute mit einem Fohlen schlug nach Tachi aus, daher wußte ich, daß er noch nicht der Anführer und auch nicht sehr beliebt war.

Tachi hatte aber ganz recht, wenn er sie in Bewegung bringen wollte: Ich hätte ja eine Gefahr für sie bedeuten können. So aber machte es mir ihre Sorglosigkeit möglich, sie weiter zu beobachten. Obwohl sie alle sehr unruhig waren und fortwährend von ihren Hufen und Zähnen Gebrauch machten, waren sie einer Herde unserer eigenen Pferde nicht unähnlich. Sie nagten einander nur ständig die weichen Haare von den Mähnen und Hinterteilen, aber nicht so, wie es unsere Pferde tun, sondern sie bissen und knabberten zugleich und stießen einander. Das war sehr komisch anzusehen, und manchmal mußte ich mir vor Lachen den Bauch halten und mich herumwälzen, nur um nicht laut herauszuplatzen.

In diesem Frühling beobachtete ich die Wildpferde jeden Tag, entweder in dem langen Tal, oder ich folgte ihnen tiefer in die Berge hinein, wo sie den ganzen Tag liegend verbrachten und sich versteckt hielten. Das bedeutete, daß sie ihre Nahrung hauptsächlich bei Nacht suchten, weshalb es ihnen wahrscheinlich auch gelungen war, sich so lange Zeit verborgen zu halten. Ich beobachtete aber auch, daß Tachi sich nie niederließ. Er war immer wachsam, wanderte rund um die Herde und holte schnuppernd die Witterung ein. Einmal trieb er vier Stuten zusammen und brachte sie dazu, sich tiefer in den Schatten der Hügel zurückzuziehen. Aber wieder gab ihm einer der alten Hengste zu verstehen, er möge sich um seine eigenen Angelegenheiten kümmern, und biß ihn zur Abwechslung kräftig ins Hinterteil.

Ein andermal nahm Tachi meine Witterung auf, obwohl ich weit weg war, und wieder versuchte er, die Herde zur Flucht zu bewegen. Diesmal gingen vier Hengste auf ihn los, und ungefähr fünf Minuten lang spielte sich eine — allerdings grausame — Komödie ab: Alle vier wandten Tachi ihre Hinterteile zu und schlugen nach ihm aus, und er schlug im Kreis herum zurück. Ich glaube, sie erwarteten, daß Tachi fliehen würde, aber obwohl er böse getroffen wurde — wenn sie einander in den Bauch treten, dann mit der Absicht zu töten —, gab er nicht nach, sondern wich ihnen nur aus, so gut er konnte.

„Gib nicht nach", flüsterte ich. „Du hast ganz recht! Ich bin hier oben, und ihr solltet alle fliehen."

Die anderen gewannen immer die Oberhand, aber das hielt Tachi nicht davon ab, eigensinnig zu versuchen, die Herde aus der Gefahrenzone wegzubringen.

So war er, als ich ihn in jenem Frühling in unseren Bergen verließ und wieder in die Schule zurückkehrte. Ich hatte noch immer niemandem von der Herde erzählt und beabsichtigte auch nicht, es zu tun. Ich war aber sehr unglücklich, daß ich Tachi und die Herde verlassen mußte, denn ich wollte gern sehen, ob er ihr Anführer würde. Oder besser gesagt, *wie* er ihr Anführer würde.

Aber die Schule ist nun einmal wichtiger als die Weide, sagt mein Vater immer, und so sah ich Tachi in jenem Frühling zum letztenmal, als er gerade einen fürchterlichen Kampf mit einem der älteren Hengste, nicht mit dem Leithengst, austrug. Sie kämpften mit Hufen, Zähnen und fürchterlichen Kopfstößen, und ich konnte ihre Schreie, das Krachen und Stöhnen hören, obwohl ich fast zweihundert Meter von ihnen entfernt war. Tachi gewann diesen Kampf, weil der alte Hengst schließlich davonlief, als Tachi anfing, mit den Vorderhufen seine Schulter zu bearbeiten – ein höchst ungewöhnliches Verhalten. Trotzdem war das nur ein Teilsieg, denn zweifellos würde es noch viele Zweikämpfe geben, und die würden wahrscheinlich noch viel grausamer sein.

Jetzt sagt meine Tante Seroghli, daß sie zu müde ist, um noch länger an diesem Brief zu schreiben, also werde ich ihn erst wieder fortsetzen können, wenn sie es nicht so eilig hat, nach Hause zu kommen, um unsere mongolische Sängerin Norob-Banzad im Radio zu hören. Hast Du je von ihr gehört? Sie ist sehr beliebt bei uns, so wie bei Euch Tom Jones und die Beatles.

Übrigens bin ich sicher, daß Tachi nicht nur von meiner heimlichen Gegenwart wußte, sondern wohl auch begriffen hatte, daß sie nichts Böses bedeutete. Deshalb fühlte ich mich mit ihm ganz besonders verbunden. Er war das einzige Pferd in der Herde, das klug genug war, mich zu bemerken, und gegen Ende des Frühlings, bevor ich wegging, blickte er immer in meine

Richtung herüber und entblößte die Lippen grüßend zu einem Grasflüstern. Oder wollte er mich damit warnen, Abstand zu wahren?

Ich weiß wirklich nicht genau, was von beiden es bedeuten sollte.

So bleibe ich also bis zum nächsten Mal

Dein neuer Freund
Baryut Mingha

2

Liebe englische Freundin Kitty Jamieson!

Ich will Dir jetzt die Geschichte weitererzählen, wie wir Tachi fingen, der ja inzwischen bei Euch sein muß. Ich bin sicher, daß er entsetzliches Heimweh nach seinem wilden, ungezügelten Leben in unseren Bergen hier hat und gewiß sehr traurig ist, so weit von seiner Heimat entfernt zu sein.

Zuletzt hatte ich Dir erzählt, daß ich in die Schule zurück mußte, und Du kannst Dir sicher vorstellen, wie oft ich an Tachi dachte, als ich weg war, und welche Sorgen ich mir um ihn und die Wildherde machte, von der niemand etwas ahnte. Ich wußte, daß ich das größte Geheimnis der Welt hütete. Meine Lehrerin sagte, ich träumte den ganzen Tag, und das stimmte ja auch. Ich sehnte mich nach unserem Altaigebirge, und als ich eine Strafe bekam, weil ich die Geschichte Indiens nicht gelernt hatte, verlangte meine Tante von mir, daß ich mich bei meiner Lehrerin für mein mangelndes Interesse entschuldigte. Sie erklärte mir, es wäre nicht anständig der Lehrerin gegenüber, das Interesse an einem Gegenstand zu verlieren, den sie lehrte. Wie sollte je ein kultivierter Mann aus mir werden, wenn mir die Geschichte Indiens ganz gleichgültig war?

Nun, endlich wurde es Sommer, obwohl es mir vorkam, es hätte Jahre gedauert. Als ich mit dem Hubschrauber, der die

Weideagronomen in unser Kollektiv bringt, nach Hause in unseren Distrikt zurückgekehrt war, erklärte mir mein Vater, ich dürfe unsere Pferde nicht wieder in die Nähe der Gebirgstäler bringen, weil zu viele weglaufen und sich verirren oder in die tiefen Grasfallen stürzen könnten, die es überall an den Hängen gab.

„Ja, Vater", sagte ich. „Aber darf ich mit Beta dort hineinreiten und weißköpfige Seeadler suchen?"

„Nur wenn die Herde im freien Gelände in Sicherheit ist", sagte er.

So folgte ich unserer Herde zunächst bis in die Nähe der Berge, ließ sie dann in sicherem, offenem Gelände zurück und ritt mit Beta so schnell wie möglich in das lange Tal, jeden Tag tiefer und tiefer, bis ich endlich die Herde der Wildpferde wiederfand. Sie lagen alle auf einem sehr steilen, grasbewachsenen Hang, und ich erkannte Tachi sofort daran, wie er ruhelos umherging, den Kopf hin und her warf und wild den Schweif bewegte. Auch hatte er eine ganz eigene Art, den Kopf gegen den Wind zu heben wie ein Jagdhund.

Einen Monat lang beobachtete ich Tag für Tag, wie Tachi versuchte, sich bei einem Teil der Herde Aufmerksamkeit zu verschaffen, und jeden Tag sah ich, wie ihn die älteren Pferde und sogar die Stuten angriffen. Doch im Lauf der Zeit gewann Tachi auch einige der Zweikämpfe, und um die Mitte des Sommers war er so selbstsicher geworden, daß er drei oder vier Stuten bei sich behalten konnte, obwohl er noch zu jung war, um sich mit ihnen zu paaren.

Dann wurde ich unmittelbar vor meinem Unfall — der schließlich zur Entdeckung der Herde führte — Zeuge, wie der alte Leithengst versuchte, Tachi ein für allemal in die Schranken zu weisen. Die beiden standen ganz friedlich nebeneinander, als eine junge Stute zu ihnen kam und den Schweif direkt vor ihrer Nase hob. In einem plötzlichen Wutanfall fuhr der alte Hengst auf die Stute los und biß sie in die Flanke. Dann ging er auf Tachi los, und ehe der noch wußte, wie ihm geschah, packte ihn der alte Hengst mit den Zähnen und warf ihn mit gewaltiger Kraft und einer plötzlichen Drehung um. Das ist für ein kämpfendes Pferd eine äußerst gefährliche Lage.

„Steh auf", schrie ich.

Ich lag in der Nähe einer kleinen Höhle, und Beta kaute hinter mir an einem Büschel Gras, das ich dort hingelegt hatte.

Tachi versuchte aufzustehen, aber jedesmal, wenn er sich erheben wollte, biß und stieß ihn der alte Hengst und trat mit den Hufen nach ihm, und ich hörte Tachi vor Schmerz schreien.

„Wenn du jetzt nicht aufstehst, wird er dich töten", sagte ich.

Aber der alte Hengst stand über Tachi und schlug mit den Vorderhufen auf ihn ein, während Tachi versuchte, in die kraftvollen Beine zu beißen, die da auf ihn losgingen.

Es war entsetzlich anzuschauen, denn der tobende alte Hengst wollte ihn nicht hochkommen lassen, und ich wußte, Tachi würde es nie schaffen. Wenn Du Pferde kennst, liebe Freundin Kitty, dann weißt Du, wie schwer sie aufstehen können, wenn sie einmal auf der Seite liegen. Zuerst müssen sie auf die Knie kommen, sonst können sie ihren Körper nicht in eine aufrechte Stellung bringen. Aber selbst wenn ein Pferd auf die Knie kommt, kann man es leicht wieder umwerfen, und der alte Hengst wartete ganz einfach, und jedesmal, wenn Tachi auf die Knie kam, schlug er nach ihm, stieß ihn mit dem Kopf und biß ihn.

Es war eine hoffnungslose Situation, und ich wußte, ich

würde das Ende von Tachi mit ansehen müssen, wenn ich nicht etwas unternahm. Deshalb stand ich plötzlich auf, lief den steilen Hang hinunter und schrie aus vollem Halse: „Huh! Huh!"

Zuerst nahmen die beiden keine Notiz von mir, obwohl die übrige Herde sofort in panischem Schrecken floh.

Dann sah mich Tachi. Er fletschte die Zähne und gab einen schrillen Warnlaut von sich, obwohl er noch immer auf dem Boden lag. Aber der alte Hengst brauchte lange, ehe er mich sah oder hörte, und ich erkannte, daß er, obwohl er noch immer sehr stark und wild und klug war, langsam blind und taub wurde und daher zu einem Risiko für die Herde. Wenn er jetzt eine drohende Gefahr weder sehen noch hören konnte, mußte die Herde einen anderen finden, der auf sie aufpaßte, und offenbar versuchte Tachi aus eben diesem Grunde die Verantwortung zu übernehmen.

Schließlich sah mich der alte Hengst dann doch, als ich schreiend und mit den Armen fuchtelnd den Hang hinuntergerannt kam. Jetzt weiß ich, daß das sehr dumm von mir war, denn sie hätten mich angreifen können, als ich ihnen näher kam. Aber ich dachte nur an Tachi, dem es gelang aufzustehen, während der alte Hengst sich mir zuwandte.

Ich weiß nicht, was geschehen wäre, wenn ich nicht plötzlich in eine Grasfalle gestürzt wäre — das ist ein tiefes, von Steppengras überdecktes Loch. Hätte ich nicht solche Angst um Tachi gehabt, ich wäre nicht so unvorsichtig gewesen, denn in dem Augenblick, in dem ich hineinfiel, wußte ich, daß es ein böser Sturz war. Als nächstes erinnerte ich mich dann, daß ich auf dem Rücken liegend aufwachte und in unsere schwarze mongolische Sternennacht hinaufblickte. Rings um mich ertönten all die Nachtgeräusche unserer einsamen Berge, sanft schleifende und knisternde, rätselhafte, merkwürdige, kaum vernehmbare Laute, Knarren und zarte Quietschtöne.

Ich versuchte, mich zu bewegen, aber ich fühlte mich so schwach, der Kopf tat mir so weh, und ich hatte einen so steifen Rücken, daß ich nichts anderes tun konnte als liegenbleiben. Mir war klar, daß ich lange Zeit bewußtlos gewesen sein mußte, und ich erinnerte mich an das Gedicht des englischen Schriftstellers R. Kipling, das wir in der Schule gelernt haben und in dem es heißt: „Verlier nur du nicht den Kopf, wenn alle um dich herum ihn verlieren . . ."

Ich versuchte, meinen Kopf nicht zu verlieren, aber es gab niemanden um mich herum, der seinen hätte verlieren können, und so fragte ich mich, wo Beta wohl sein mochte. Ich hoffte, er wäre nach Hause gelaufen, und sie würden mich daher suchen kommen. Irgendwann würde er sicher nach Hause laufen. Aber ich war so weit drinnen im Gebirge und wußte, es würde schwierig sein, mich zu finden, noch dazu auf diesem steilen Hang und in diesem tiefen Loch. Es war so tief, daß ich nie allein herauskommen würde. Das war mir klar.

„Und wenn es ihnen gelingt, mich zu finden", sagte ich mir, „dann werden sie sicher auch die Wildherde finden."

Das war das Schlechte daran — und es machte mich sehr unglücklich.

Hier muß ich Schluß machen, liebe Freundin, denn meine Tante sagt, sie wird bald eine Brille tragen müssen. Sie sagt, es ist sehr ermüdend, so lange beim Licht unserer Petroleumlampe zu schreiben. Wir sind noch auf der Sommerweide, und da können wir doch keine Elektrizität mit uns herumtragen, nicht wahr? Obwohl ich sicher bin, daß wir es eines Tages doch können werden.

Also will ich diesen Brief jetzt beenden, damit ich dann in meinem nächsten Brief die Geschichte von Tachis Gefangennahme weiter und zu Ende erzählen kann.

Bis dahin bleibe ich

Dein neuer Freund
Baryut Mingha

3

Liebe Freundin Kitty!

Ich verließ Dich in einem tiefen Loch, ratlos, wie ich je dort herauskommen sollte. Und es war wirklich reine Glückssache, daß ich herauskam.

Als der Morgen dämmerte, fror ich, war naß vom Tau und sehr hungrig. Ich wartete den ganzen Tag, noch eine Nacht und den ganzen nächsten Tag, bis mein älterer Bruder Inja mich fand, als er es am allerwenigsten erwartete.

Sie hatten ihn ausgeschickt, mich zu suchen – mein Vater und meine Onkel suchten woanders –, und er war den ganzen Tag Pferdespuren und Pferdedung gefolgt, ohne zu wissen, von wessen Pferden sie stammten. Zuerst glaubte er, sie wären von einigen Pferden unserer eigenen Herde, und folgte ihnen deshalb. Aber lange ehe er mich erreichte – er wußte, daß ich irgendwo in den Bergen war –, wurde ihm klar, daß es noch andere Pferde in dem Tal geben mußte. Und das konnten nur wilde Pferde sein.

Er erzählte, er wäre darüber so aufgeregt gewesen, daß er mich beinahe vergessen hätte. Auch er hatte noch nie ein Wildpferd gesehen, aber er wußte so wie ich, daß sie ihr Gebiet mit ihrem Dung abzugrenzen pflegten, und begann, nach ihnen Ausschau zu halten. Er arbeitete sich langsam und vorsichtig auf der

anderen Seite des steilen Hanges voran, als er plötzlich die lok=
keren Erdklumpen sah, die ich von Zeit zu Zeit aus meinem Loch hochwarf, um damit kleine Staubwolken zu erzeugen.

Ich will Dir nicht lange erzählen, was für eine Debatte ich mit meinem Bruder wegen der Wildherde hatte. Ich wollte nicht, daß er irgendwem davon erzählte. Aber er ist älter als ich, und er sagte, wir müßten der Regierung davon berichten, damit die Herde geschützt werden könnte. Dabei hatte er die Herde noch gar nicht gesehen. Niemand außer mir hatte sie gesehen. Aber als er mich zu unseren Zelten zurückbrachte, erzählte er jedem das Geheimnis, und alle kamen und fragten mich aus. Mein Vater war sogar sehr böse auf mich, weil ich dieses Geheimnis so lange für mich behalten hatte. Aber ich glaube, auch er wollte nicht, daß jemand käme und Unruhe in die Weidegründe brächte und die Wildherde aufschreckte, obwohl er sagte, es wäre unrecht, sie verborgen halten zu wollen.

Wenn wir auf unseren Sommerweidegründen sind und jemand bei uns krank ist, können Ärzte nur per Hubschrauber kommen. Als unser Arzt eintraf, sagte er, der Sturz hätte mich ganz durcheinandergeschüttelt, alle meine Rückenmuskeln wären in Unordnung und ich müßte wochenlang still auf dem Rükken liegenbleiben.

In diesen Wochen begannen die Wissenschaftler einzutreffen. Ich wollte sagen, Hunderte von Wissenschaftlern, aber meine Tante Seroghli sagt, übertreiben ist unkultiviert. Zuerst kamen unsere eigenen Professoren aus Ulan Bator, unserer Hauptstadt. Dann kamen einige aus Moskau, zwei aus Prag in der Tschechoslowakei, einer aus Stockholm und einer aus Hamburg.

Natürlich stellten sie mir alle Hunderte von Fragen: Wie ich die Herde entdeckt hätte? Wie sie sich verhalten hätte? Ob sie mich gesehen hätte? Ob sie gesund aussah? Wie viele es wären? Wie viele Hengste, Fohlen, Stuten? Und so weiter, und so weiter.

Ich beantwortete alle ihre Fragen wahrheitsgemäß, aber ich erzählte ihnen nicht von dem jungen Hengst, den Ihr jetzt Tachi nennt. Ich wußte, wenn ich erwähnte, wie kühn und intelligent er war, würden sie ihm ihre besondere Aufmerksamkeit zuwenden.

„Werden Sie die Herde jagen oder versuchen, sie einzufangen?" fragte ich jeden einzelnen der Wissenschaftler.

„Nein", sagten sie alle. „Natürlich nicht. Wir sind hergekommen, um sie zu schützen. Die Pferde sind sehr wertvoll. Wir wollen dafür sorgen, daß die ganze Herde erhalten bleibt."

„Sie werden sie nicht in Tiergärten verschicken?"

„Natürlich nicht", sagten sie. „Sie sollen in ihrem wilden Zustand erhalten bleiben. Wir wollen sie nur beobachten."

„Sie werden in Panik geraten, wenn irgendwer in ihre Nähe kommt", gab ich zu bedenken. „Sie werden tiefer ins Gebirge hineinlaufen, wo es nicht genug Nahrung und Wasser gibt. Oder sie werden versuchen, die Wüste zu erreichen."

„Mach dir keine Sorgen", beruhigten sie mich. „Wir werden sie nicht erschrecken."

Aber ich glaube, sie verstehen nicht viel von Pferden in den Bergen, weder von wilden noch von zahmen. Sie wissen natürlich eine Menge, sie wissen alles. Aber sie wissen nicht, wie man Pferde beobachtet und mit ihnen lebt. Meine Tante sagt, ich darf nicht respektlos sein. Aber ich will damit nur sagen, daß man einer Herde folgen, mit Pferden leben und wissen muß, wie sie denken, ehe man versteht, wie eine Pferdeherde empfindet oder sich verhält.

Als die Wissenschaftler ohne mich auszogen, um sie zu su=

chen, hoffte ich daher, es würde ihnen nicht gelingen, sie zu finden, und sie fanden sie auch nicht.

„Kein Glück", sagte mein Bruder Inja, als sie nach zwei Tagen vergeblicher Suche zurückkamen. „Der alte Leithengst muß sehr schlau sein."

Ich sagte nichts, aber ich wußte, daß Tachi der Schlaue war. Einige der Professoren begannen alles zu bezweifeln, was wir ihnen erzählt hatten, und das machte mich wütend und froh zugleich.

Aber unsere mongolischen Professoren waren hartnäckig. Sie setzten einen Hubschrauber ein, um vier unserer Pferdehirten – meinen Vater und meine Onkel – auf die andere Seite der Berge zu bringen, während eine andere Gruppe von unserer Seite her aufbrach. Für zwei Gruppen, die aufeinander zugingen, war es nicht schwierig, die Herde zu finden. Tachi hatte die Herde in ein sehr unübersichtliches, gewundenes Tal geführt, wo sie sich bei Tag verbergen konnte, während sie bei Nacht ruhig und ungestört auf den Hängen weiden und nach Wasserlöchern suchen konnte. (Weißt Du, daß Pferde, die nachts in unserem Distrikt grasen, dabei eine Menge Wasser aufnehmen, weil soviel Tau auf dem Gras liegt?)

Natürlich fanden sie die Herde. Mein Bruder Inja erzählte mir, als sie alle zu unseren Zelten zurückgekehrt waren, daß die Professoren sich sehr bemüht hatten, die Herde nicht zu erschrecken und sie nur zu beobachten.

„Da war ein junger Hengst", erzählte mir mein Bruder, „der versuchte, die Herde mitten durch uns durchzujagen. Er muß gewußt haben, daß das die einzige Möglichkeit war, zu entkommen. Aber die anderen wollten ihm nicht folgen und rannten nur andauernd vor und zurück. Sie gerieten schließlich in

eine solche Panik, daß alle Professoren das Tal verließen, damit die Herde sich beruhigen konnte."

„Haben die anderen ihn bemerkt? Ich meine den jungen Hengst?" fragte ich Inja.

„Wenn sie etwas von Pferden verstehen, dann ja", war alles, was Inja antwortete.

Jedenfalls wußten die Professoren jetzt, wie viele Hengste in der Herde waren, wie viele Stuten und wie viele Fohlen. Sie waren alle ganz aufgeregt, als sie zu unseren Zelten zurückkehrten, und beschlossen, jemanden bei uns zurückzulassen, der die Herde beobachten oder, besser, sie mit Hilfe unseres Kollektivs im Auge behalten konnte.

„Baryut", sagte mein Vater, „wenn du wieder reiten kannst, wird es deine Pflicht sein, denjenigen, den sie zurücklassen, zu begleiten und ihm die besten Wege in die Berge zu zeigen. Du wirst ihm beibringen, wie er die Herde beobachten kann."

„Ja, Vater", sagte ich.

Der Mann, den sie zurückließen, war ein junger mongolischer Zoologe namens Gritti, der gerade an der Universität von Ulan Bator sein Studium abgeschlossen hatte. Aber der Sommer war fast vorüber, als ich endlich in der Lage war, ihn in die Berge zu führen und ihm zu zeigen, wie man sich verbirgt, wie man sich leise, zu Pferd und zu Fuß, fortbewegt, wie man die Grasfallen vermeidet und wie man auf einem Pferd einen Hang bergab galoppiert. Ich sagte ihm alles, was ich wußte. Aber auch er erzählte mir eine Menge wissenschaftlicher Dinge über die Wildpferde, die mir unbekannt waren. So erfuhr ich, daß er in mancher Hinsicht viel mehr über sie wußte als ich. Er erzählte mir ihre Geschichte, die Geschichte aller Pferde überall auf der Welt. Er erzählte mir von den wenigen Wildpferden, die es noch in ausländischen Tiergärten gibt, wo es manchmal vorkommt, daß ein Wildhengst eine zahme Stute tötet, wenn er mit ihr auf zu kleinem Raum zusammengesperrt ist. Ich hoffe daher, daß Euer Naturschutzpark in Wales nicht zu klein ist, sonst könnte Tachi Deinem kleinen Pony Petti ein Leid zufügen.

Schließlich brachten Gritti und ich es zuwege, die Wildherde zu beobachten, ohne sie zu erschrecken. Aber ich machte Gritti nicht auf Tachi aufmerksam. Wenn Tachi wußte, daß wir in der Nähe waren, biß und schlug er oft nach den anderen, um sie weiterzutreiben. Aber nur, wenn der alte Leithengst es zuließ, daß die Herde auf die Warnungen Tachis hörte. Ansonsten behielt sich der Leithengst die Führung vor, und er war noch immer in der Lage, Tachi mit Hilfe der anderen Hengste in die Schranken zu weisen.

So verließ ich sie und kehrte wieder in die Schule zurück. Ich will Dir Einzelheiten über das, was in meiner Abwesenheit geschah, ersparen und Dir nur erzählen, daß fünf neue Professoren in unserem Distrikt waren, als ich zu den Semesterferien — wie Ihr das in England nennt — in unsere Weidegründe heimkam. Sie trafen Vorbereitungen, vier Pferde aus der Wildherde einzufangen, zwei Hengste und zwei Stuten.

Als ich meinen Freund Gritti, den Zoologen, traf, war ich wütend und sagte zu ihm: „Du hast mir versprochen, du hast geschworen, daß ihr keine wegholen würdet."

„Wir müssen es leider tun, Baryut", antwortete er traurig.

„Warum?" fragte ich. „Wozu?"

„Wir wollen versuchen, neue Wildherden aufzuziehen", sagte er.

„Aber du hast mir versprochen, ihr würdet keine in zoologische Gärten schicken", sagte ich. „Du hast mir erzählt, daß alle in Zoos gehaltenen Wildpferde ihren Charakter verändern und ganz anders werden. Warum also wollt ihr unsere Wildpferde fangen und sie in Zoos schicken?"

„Wir schicken sie nicht in zoologische Gärten", erklärte Gritti. Er ist ein sehr ruhiger und geduldiger Mensch, ein Mongole, der, bevor er zu uns kam, noch nie auf einem Pferd gesessen hatte. Stell Dir das vor! Sein Vater war Bergmann. „Wir schicken jedes dieser Pferde in eine Gegend, in der unsere von der Zivilisation noch nicht beeinflußten Lebensbedingungen imitiert werden können, in ein Naturschutzgebiet. Einer der Hengste kommt in einen russischen Naturschutzpark auf einer kleinen Insel im Aralsee. Eine Stute kommt in einen deutschen Naturschutzpark. Eine Stute kommt nach Prag. Und der andere Hengst kommt in ein bereits für ihn vorbereitetes Naturschutzgebiet in Wales in Großbritannien."

„Aber das heißt, daß jedes Pferd allein sein wird . . .", wandte ich ein.

„Nur am Anfang. Später werden wir ihnen allen auch noch Wildpferde zu Partnern geben. Wir wollen nur zuerst ein paar von ihnen in natürlicher Umgebung aussetzen, um zu sehen, ob sie dort leben können. Dann werden wir versuchen, sie in den weitgehend unberührten Naturschutzgebieten wie echte Wildpferde zu züchten, nicht wie Zoopferde. Du siehst also, Baryut, wir versuchen, unser Bestes für sie zu tun."

„Aber das hier ist ihre Heimat", betonte ich. „Und Pferde leben nur gern in dem Land, in dem sie zu Hause sind. Unsere eigenen Pferde sind auch so; sie hassen es, weit von zu Hause wegzugehen. Sie werden alle sehr unglücklich sein, wenn sie ihre Berge verlassen müssen, und wahrscheinlich werden sie sterben."

„Vielleicht", gab Gritti zu. „Anderseits könnte auf diese Weise auch die Erhaltung des echten Wildpferdes gesichert wer= den. Nicht nur die eines Zoopferdes."

Ich wußte, daß Gritti und die anderen Professoren ihr Bestes für die Wildpferde taten, deshalb debattierte ich nicht weiter. Ich konnte nur hoffen, daß sie nicht Tachi als einen der Hengste ein= fingen. Ja, ich war überzeugt davon, daß er dafür viel zu klug wäre, und damit hatte ich recht. Aber es gab etwas, womit ich nicht gerechnet hatte, und das führte zu seiner Gefangennahme.

Sie wollten die vier Wildpferde einfangen, indem sie sie in eines der langen Täler trieben und mit Narkosegewehren auf sie schossen. Zuerst hatte mein Vater vorgeschlagen, daß unsere Pferdehirten vier Pferde mit dem Arkan einfangen sollten, so wie wir es mit Pferden aus unseren eigenen Herden tun. Der Arkan ist eine Schnurschlinge am Ende einer langen Stange, und der Reiter jagt einfach dem Pferd, das er haben will, so lange nach, bis er die Schlinge über seinen Kopf werfen kann. Das lernen wir hier alle, wenn wir noch sehr jung sind.

Aber die Professoren behaupteten, daß die Narkosegeschosse sicherer, zuverlässiger und schneller wären und nicht auch alle übrigen Pferde erschrecken würden. Jedenfalls aber würden sie mindestens zwanzig von unseren Pferdehirten brauchen, die ihnen beim Einkesseln der Pferde helfen sollten. Letzten Endes zogen wir alle miteinander aus. Zwei meiner Onkel trugen die Narkosegewehre, und vier der Professoren ritten mit uns. Wir wußten, daß die Herde sich jetzt in einem kleinen Seitental des längsten und breitesten Tales in unserem Gebirge aufhielt. Dort wo es in das große Tal einmündete, verbreiterte sich das Seiten= tal, aber am anderen Ende verengte es sich wieder und wurde von einer hohen Felswand abgeschlossen. Eine ideale Falle. Wir brauchten weiter nichts zu tun, als zu verhindern, daß sie in das breite Tal kamen, denn dort konnten sie uns leicht entwischen.

„Du weißt genau, wie man am besten in dieses Gebirge kommt", sagte mein Vater zu mir, „deshalb kannst du mit der ersten Partie hineinreiten, Baryut. Aber du mußt tun, was dein Onkel Raf sagt. Verstanden?"

„Ich verstehe", sagte ich.

„Versuche, ihnen zu helfen", sagte mein Vater ruhig, „damit sie die Wildherde nicht zu sehr erschöpfen und zu sehr verängstigen. Ich glaube, sie wissen gar nicht, wieviel Schaden sie einer Herde zufügen können, wenn sie sie erschrecken, selbst wenn sie noch so vorsichtig sind."

„Ich verstehe, Vater", sagte ich. Aber ich dachte eigentlich nur an Tachi und nicht an die Herde.

„Sie werden die besten jungen Hengste und Stuten haben wollen", sagte er. „Also hilf ihnen bei der Auswahl, so gut du kannst."

Diesmal sagte ich nicht „Ja, Vater", weil ich im Grunde meines Herzens wußte, daß ich ihnen nie helfen würde, Tachi zu fangen.

Wir erreichten noch in derselben Nacht das lange Tal, und ich dachte, wir würden zeitig am Morgen ausreiten, um die Herde zu überraschen. Aber Gritti sagte, wir würden bis Mittag warten.

„Um diese Zeit werden die meisten von ihnen ruhen", erklärte er mir, „da sie ja die ganze Nacht unterwegs waren, um zu grasen."

Wir mußten in kleinen Gruppen reiten. Ich war mit Gritti und meinem Onkel Raf zusammen, den man beauftragt hatte, Betäubungsgeschosse auf zwei Hengste abzuschießen. Der andere gute Schütze sollte seine Geschosse auf zwei junge Stuten abschießen. Gritti würde meinem Onkel Raf sagen, auf welchen Hengst er zielen sollte.

„Was geschieht, wenn das Geschoß ein Pferd trifft?" fragte ich Gritti, als wir in das weite Tal einritten, das zu dem Seitental führte. Ich fing bereits an, mir Sorgen um Tachi zu machen.

„Es wird in wenigen Sekunden davon zu Fall gebracht."

„Tut das weh?"

„Nein, überhaupt nicht."

„Was tut es dann?"

„Es macht das Tier für ungefähr zwei Stunden bewußtlos", sagte Gritti. „Also mach dir keine Sorgen, Baryut. Wir werden doch nicht ausgerechnet das gefährden, was wir schützen wollen."

„Na schön", sagte ich. „Aber es gefällt mir doch nicht."

Wir brauchten lange, bis wir das Seitental erreichten, weil wir uns so vorsichtig voranbewegen mußten. Wir waren zehn in der ersten Gruppe, und die übrigen folgten uns, bereits, vor dem Eingang in das Tal eine Barriere zu bilden. Aber Tachi hatte uns schon gehört oder Witterung von uns aufgenommen, und als wir die Herde zum erstenmal erblickten, bewegte sie sich bereits von uns weg, das Seitental hinauf.

„Wir werden weiter oben am Hang entlangreiten und uns oberhalb von ihnen halten müssen", sagte mein Onkel Raf.

Ich wußte, das würde nicht leicht sein, und obwohl wir den ganzen Nachmittag unterwegs waren, holten wir die Herde nicht ein, ehe es beinahe Abend war. Diesmal aber hatten wir sie in dem kleinen Seitental eingeschlossen.

„Dort ist Tachi", flüsterte ich meinem Pferd Beta ins rechte Ohr.

Tachi trabte nervös rund um die Herde, hielt sie zusammen und schüttelte wütend Kopf und Schweif.

„Wir müssen näher heran", sagte Gritti. „Diese Narkosegeschosse haben nur eine Reichweite von etwa hundert Metern."

„Hundert Meter!" sagte ich. „So nahe kommen wir niemals an sie heran!"

„Aber wir müssen so nahe heran", beharrte Gritti.

Die Herde trabte nun zügig in einer langen Reihe dahin – Wildpferde laufen meist einzeln hintereinander –, die Fohlen und Stuten in der Mitte. Die alten Hengste stürmten einmal auf der einen und dann wieder auf der anderen Seite vor, und Tachi zog seine Kreise um die ganze Herde. Sie drangen immer tiefer in die schmale Kluft vor, und es mußte uns jetzt ganz sicher gelingen, nahe an sie heranzukommen, wenn sie erst das Ende des engen Tales erreichten und in der Falle waren.

„Langsam", sagte mein Onkel Raf, und wir ließen unsere Pferde im Schritt gehen.

Mein Pferd Beta war sehr unruhig, und ich dachte in diesem Augenblick, daß Tachi einen furchtbaren Fehler begangen hatte, die Herde in diese Falle zu führen. Sie hatten noch etwa fünfhundert Meter Vorsprung, es war also nur eine Frage der Zeit, bis wir sie eingeholt haben würden. Dann plötzlich verschwand die Reihe der Wildpferde um eine Biegung der Schlucht.

Zuerst machten wir uns weiter keine Sorgen, weil wir sicher waren, daß es keinen Ausweg gab. Aber als wir zu der Biegung kamen, war die Herde nirgends zu sehen. Obendrein entdeckten wir, daß die Schlucht keineswegs eine Sackgasse war, sondern sich nach einem schmalen Spalt, den wir bis dahin nicht hatten sehen können, plötzlich wieder erweiterte.

„Sie haben uns hineingelegt", sagte mein Onkel.

Er war verblüfft, ich aber war selig.

„Sie können nicht weit sein", erklärte Gritti.

Wir galoppierten das Seitental hinunter, aber als wir schließlich durch die Enge hindurchkamen und die Herde wieder erblickten, stürmte sie in voller Flucht das sich verbreiternde Tal entlang zurück in das Haupttal.

„Welchen wollen Sie als ersten?" rief mein Onkel Gritti zu.

„Irgendeinen von den jungen Hengsten. Suchen Sie irgendeinen aus", rief Gritti zurück, während wir das Tal entlanggaloppierten.

Und so begann die Jagd. Die Herde galoppierte voraus, die jungen Hengste in Führung, die Stuten und Fohlen in der Mitte und die alten Hengste hinterdrein. Tachi jedoch war derjenige, der sie zur Eile antrieb, der die Säumigen biß und angriff und andere sogar von hinten anschob. Aber obwohl sie galoppierten und rings um uns der Staub aufstieg, holten wir langsam auf, weil die Fohlen nicht schnell genug laufen konnten.

Dann begann ein Fohlen zurückzubleiben, das offenbar zu schwach war, um weiterzulaufen. Auch seine Mutter wurde langsamer, um es zu ermutigen, und wir konnten hören, wie sie nach ihm rief. Aber Tachi wollte nicht zulassen, daß die Mutter die Herde verließ. Er lief zu ihr hin, drehte sich um und schlug heftig nach ihr aus, um sie anzuspornen. Dann kam er zu dem Fohlen zurück und begann es mit seiner Nase voranzustoßen. Aber es strauchelte und fiel. Doch er gab nicht auf und wartete ungeduldig, daß es aufstünde. Dann versuchte er, es mit Stoßen auf die Beine zu bringen. Aber es war zu erschöpft, taumelte und fiel wieder nieder. Dann sah ich Tachi etwas tun, das ich nie zuvor in meinem Leben ein Pferd hatte tun sehen. Er hob das Fohlen mit seinen Zähnen auf und schüttelte es, um es zum

Leben zu erwecken. Er warf es sogar vor sich hin. Für eine kurze Zeit kehrten die Lebensgeister des Fohlens tatsächlich zurück, aber schließlich brach es wieder zusammen.

Inzwischen waren wir nur noch dreihundert Meter von ihnen entfernt, und anstatt zu fliehen, wandte sich Tachi plötzlich um und begann, mit gesenktem Kopf auf uns zuzulaufen. Er griff uns an, damit die anderen entkommen konnten. Und gerade dieses tapfere, entschlossene Verhalten besiegelte Tachis Schicksal. Mein Onkel hielt ganz einfach an, wartete, bis Tachi nahe genug war, zielte mit seinem Narkosegewehr und schoß.

Wir sahen, wie Tachi hochsprang und erschauerte, als das Geschoß ihn traf, aber er lief weiter, und ich glaubte schon, er würde das Pferd meines Onkels erreichen und umwerfen oder ihm mit seinen gefletschten Zähnen das Genick durchbeißen. Als er jedoch nur noch zehn oder zwanzig Meter von uns entfernt war, stürzte er Hals über Kopf zu Boden und blieb dort liegen.

„Wir müssen weiterreiten“, rief Gritti meinem Onkel zu, weil wir alle von Tachis Angriff überrascht worden waren und die Herde inzwischen entfloh. „Wir müssen noch einen zweiten bekommen!“

Sie rasten hinter der Herde her, ich aber sprang von Beta ab, lief zu Tachi hin und versuchte, ihn zum Aufstehen zu bewegen.

„Komm!“ sagte ich eindringlich, wenn auch aus respektvoller Entfernung. „Steh auf!“

Er lag keuchend und schnaubend im Staub. Seine Augen funkelten wild, und mit zuckenden Hinterbeinen versuchte er hochzukommen. Er schnappte sogar mit den Zähnen nach mir, und ich hütete mich, ihm zu nahe zu kommen. Aber ich forderte ihn neuerlich auf, sich zu erheben.

„Beeil dich!“ schrie ich ihn wütend an. „Noch kannst du entkommen!“

So heftig er sich auch bemühte, seine Hinterbeine zuckten doch nur hilflos.

Ich warf einen Erdklumpen nach ihm, um ihn wütend zu machen oder ihm Angst einzujagen.

Er hob den Kopf und versuchte es noch einmal, dann sah ich, wie sein Hals hinuntersank, wie seine Beine steif wurden und er schließlich die Augen schloß, als er das Bewußtsein verlor.

Meine Tante sagt, ich muß damit jetzt zu einem Ende kommen, sonst denkst Du, daß wir hier in unserem Distrikt weiter nichts tun, als lange, traurige Briefe über unsere Pferde zu schreiben. Aber ich wollte gar keinen traurigen Brief schreiben. Dieser Brief soll Dir eigentlich nur erklären, was für ein tapferes und ungewöhnliches Pferd Ihr in Eurem Weideland haben werdet und was für einen wilden und gefährlichen Gefährten Dein zahmes Pony Petti bekommen wird.

Alle vier Pferde, die sie an diesem Tage eingefangen hatten, wurden gefesselt in einem Hubschrauber von uns weggebracht, und die übrige Herde soll nun ständig überwacht werden. So verlor ich die Verbindung mit Tachi. Ich wußte nicht, wo er war und was mit ihm geschehen war, bis viel später Dein Großvater in unserem Distrikt eintraf und mir erzählte, daß der junge Hengst, um den ich mir solche Sorgen machte, mit ihm nach Wales reisen würde.

Zwei Monate waren schon seit der Gefangennahme Tachis vergangen. Alle vier Wildpferde bewegten sich inzwischen frei in einem großen, eingezäunten Gelände in der Nähe unserer Hauptstadt Ulan Bator, um über den Schock ihrer Gefangennahme hinwegzukommen. Aber sobald unsere Wissenschaftler die Zeit für gekommen hielten, sie weiterzutransportieren, benachrichtigten sie Deinen Großvater, daß er den ihm versprochenen Hengst abholen könne. Er flog zuerst nach Ulan Bator und kam dann auch zu uns.

„Ich glaube, es ist wichtig, daß du mir alles erzählst, was du über ihn weißt", sagte Dein Großvater zu mir. „Und alles, was dir sonst noch über die Sitten der Wildpferde in ihren heimatlichen Bergen bekannt ist."

Das war sehr nett von Deinem Großvater. Ich wußte nun auch, daß Tachi in guten Händen sein würde. Wir nahmen also Deinen Großvater mit in unsere Berge, damit er die Landschaft sehen konnte, die unsere Wildpferde gewöhnt sind. Er stellte mir tausend Fragen, weil ihm alle Leute erzählt hatten, wie ich die Wildherde monatelang beobachtet hatte.

Ich wollte ihn fragen, wie er Tachi beschützen würde, und auch mehr über Euer Weideland, Eure Berge und Euer Klima erfahren, aber meine Tante, die für uns dolmetschte, meinte, das wäre unhöflich.

Er hat mir aber von Dir erzählt, Kitty, und von Deinem wunderhübschen Pony Petti. Und es gelang mir, ihm eine Frage zu stellen: „Ist die kleine Stute Petti ein wildes Pferd oder ein zahmes?"

Dein Großvater lachte. „Petti ist so zahm", sagte er, „daß sie Kitty nachläuft wie ein Hündchen."

So kam ich darauf, wie zahm Dein Pony ist, und das macht mir Kummer.

„Petti ist eine sehr zahme, kleine, junge Stute", fuhr Dein Großvater fort. „Daher, nehmen wir an, wird es ihr gelingen, Tachi so weit zu gewinnen, daß er in unserem Wildpark bleibt, bis er eine Gefährtin aus der Wildherde bekommt."

„Aber Tachi ist so wild", wandte ich ein, „daß er nirgendwo gern bleiben wird. Und womöglich tut er der kleinen Stute sogar weh."

Aber Dein Großvater lachte über meine Befürchtungen. „Ich glaube, Pettis weibliche Reize werden ihn zum Bleiben bewegen. Er wird ihr nichts tun."

Das hoffe ich auch. Jedenfalls aber mochten wir alle Deinen Großvater sehr gern, und wir finden, er sieht aus wie ein freundlicher Grizzlybär, mit seinem weißen Haar, dem weißen Stoppelbart und seinen lachenden Augen.

Aber jetzt will ich Schluß machen, liebe Freundin. Ich bitte Dich, wenn Du die Zeit erübrigen kannst, schreibe mir von Dir, Eurem Weideland in Wales und Deinem kleinen Pony, vor allem aber, was geschieht, wenn Tachi eintrifft. Gibt es bei Euch Schnee? Wird Tachi entkommen können? Gibt es viele Menschen in Eurem Distrikt? Du kannst englisch schreiben, und meine Tante Seroghli wird es für mich übersetzen. Sie ist diesmal sogar mit uns in die Berge gekommen.

Nun also, bis ich von Dir höre, will ich diesen Brief mit freundlichen und brüderlichen Grüßen beenden.

Dein aufrichtiger
Baryut Mingha

PS Ich gebe Deinem Großvater eine unserer mongolischen Wintermützen für Dich mit. Er sagt, sie würde Dir gefallen. Ich hoffe, sie paßt. Bitte, sei vorsichtig, wenn Du Hunde hast. Tachi würde jeden Hund töten, der ihm in die Nähe kommt, also sorge dafür, daß Dein Lieblingshund von ihm ferngehalten wird. Ich bin noch immer sehr besorgt wegen Deines kleinen Ponys. Dein Freund Baryut

4

Lieber Baryut!

Ich war hocherfreut über Deine herrlich langen Briefe und fand den letzten so aufregend, daß ich ihn nicht weglegen konnte. Mrs. Evans mußte ihn mir abnehmen, bis ich mein Abendbrot gegessen hatte, obwohl mir gar nicht nach Essen zumute war, so aufgeregt war ich wegen Tachi. Aber Mrs. Evans bestand darauf, daß ich mein ganzes Fleisch, die Bohnen und Kartoffeln und den Pudding aufaß und dann den Tisch abräumte, ehe sie mir den Brief zurückgab und von mir verlangte, daß ich mich ordentlich hinsetzte, um ihn in Ruhe zu lesen. Auf diese Weise hätte ich mehr davon.

Aber ich bin leider keine sehr ruhige Person. Jedenfalls sagen das Mrs. Evans und mein Großvater die ganze Zeit, obwohl ich mich selber für sehr ruhig halte. Ich werde eine Ewigkeit brauchen, bis ich alle Deine Fragen beantwortet habe. Die erste Frage, die ich beantworten kann, ist jedenfalls die, daß Tachi noch nicht hier ist. Er wird noch in einer Regierungsquarantänestation genau untersucht, um ganz sicherzugehen, daß er nicht irgendeine ansteckende Tierkrankheit hat.

Eins kann ich Dir versprechen, Baryut: Wir werden Tachi hier ein gutes Zuhause bieten, obwohl es weit weg von seinen heimatlichen Bergen und Tälern ist. Natürlich wird nach Euren

Bergen alles hier ein bißchen langweilig und wenig aufregend für ihn sein. Wenn ich Dir daher von unserem Haus und unserem Wildpark erzähle, so wirst Du leider nichts von Kämpfen zwischen Pferden und aufregenden Jagden in den Bergen zu hören bekommen.

Ich lebe mit meinem Großvater und Mrs. Evans, Großvaters Haushälterin, im Naturschutzpark. Meine Mutter starb vor vier Jahren. Mein Vater ist Geologe, und er arbeitet in Ländern wie Persien oder Kuweit (wo meine Mutter starb). Bis er nächstes Jahr zurückkommt, lebe ich bei meinem Großvater, der Professor für Zoologie ist. Er ist Direktor des Ökologischen Naturschutznationalparks. Das ist ein ganz neuer, nach ganz speziellen Gesichtspunkten geführter Naturschutzpark, den man für wilde, vom Aussterben bedrohte Tiere eingerichtet hat. Allerdings haben wir noch nicht sehr viele Tiere hier.

Unser Reservat ist ein großes, hügeliges, mit Gras bewachsenes Gebiet in den Black Mountains, und es gibt keine Dörfer oder Städte in unserer Nähe und keine richtigen Straßen außer der, die zu unserem Haus führt. Natürlich ist der Zweck unseres Parks, die Tiere wild und in natürlicher Umgebung leben zu lassen, daher gibt es keine Gehege oder Zäune. Es gibt nur einen elektrisch geladenen Zaun, mehr als zweiunddreißig Kilometer entfernt von uns, um die Tiere von der Hauptstraße abzuhalten. Sonst sind wir auf allen Seiten von Flüssen begrenzt. Einer dieser Flüsse fließt auf der anderen Seite der Berge, daher wird Tachi das ganze Gebirge und Weideland für sich allein haben, bis auf ein paar wilde Ziegen, Hirsche, Dachse, Biber und andere kleine Wildtiere. Das ist alles, was wir derzeit haben.

Unser Steinhaus steht mitten im Reservat, und das Arbeitszimmer meines Großvaters hat ringsherum große Panoramafenster mit vielen Fernrohren und Fotoapparaten. Ich gehe in Crickhowell in die Schule, das ist zweiunddreißig Kilometer von hier entfernt, und mein Großvater muß mich jeden Morgen fünfzehn Kilometer weit mit dem Auto zur Hauptstraße bringen, wo ich in einen Autobus einsteige. Wenn Großvater nicht hier ist, nimmt mich Mr. Jones, der Briefträger, in seinem Lastwagen mit. Manchmal, wenn wir eingeschneit sind, kann ich gar nicht in die Schule gehen. Aber eine solche Wildnis wie in Euren Bergen haben wir nicht, Baryut, obwohl die Leute hier finden, daß es bei uns sehr abgeschieden ist. Sie sagen immer zu mir: „Findest du es nicht sehr einsam hier, Kitty? So ganz allein?"

Ich bin aber riesig gern da, und ich will nie, nie weg von hier.

Mein Großvater und Mrs. Evans sind sehr nett zu mir, und ich finde, sie verwöhnen mich alle beide, obwohl beide glauben, sie wären sehr streng. Leider streiten sie die ganze Zeit, aber das ist nicht weiter schlimm. Es ist eben ihre Art, miteinander auszukommen.

„Diese Frau ist mein Ruin", brummt Großvater immer, wenn Mrs. Evans ihm irgend etwas vorwirft.

„Er hat überhaupt kein Gefühl für Recht und Unrecht, dieser Mann", sagt Mrs. Evans, wenn Großvater ihr Vorwürfe macht.

Dann fangen sie an, einer zum anderen „Unsinn!" zu sagen, weil das ihr Lieblingswort ist, wenn sie streiten. Aber ich habe sie alle beide lieb.

Eigentlich habe ich das Gefühl, daß ich auf beide aufpassen muß. Mein Großvater ist sehr unordentlich, und wenn er ein Buch oder eine Landkarte oder eine Aktenmappe oder eine Fotografie nicht mehr braucht, läßt er sie einfach liegen, wo er gerade ist, auf dem Boden, auf einem Stuhl oder Tisch oder auf der Treppe. Ich muß die ganze Zeit hinter ihm herräumen und sein Arbeitszimmer in Ordnung halten, obwohl er mich an=knurrt, wenn er mich dabei erwischt.

Und Mrs. Evans sieht nicht sehr gut. Das heißt, sie kann überhaupt kaum etwas sehen. Durch ihre dicken Brillengläser sieht sie nur, was sie unmittelbar vor sich hat. Da muß ich auf=passen, daß keine Stühle und Tische — und keine von Großva=ters Büchern — im Weg herumstehen oder =liegen, damit sie nicht darüber fällt oder sich daran weh tut. Ich muß darauf achten, daß in der Küche alles dort liegt, wo sie es sehen kann — Messer, Teller, Töpfe und ihr Strickzeug. Wenn etwas nicht an seinem Platz ist, könnte sie es nie finden. Ich glaube, sie muß so etwas wie einen Schleier vor den Augen haben, weil sie im=mer ein Staubtuch mit sich herumträgt, mit dem sie in der Luft vor sich herwischt, als ob sie ein schmutziges Fenster putze.

Du siehst also, es geht mir gut. Ich erzähle Dir das alles nur, damit Du weißt, was für ein Zuhause Tachi hier vorfinden wird.

Natürlich ist mein eigentliches Problem mein liebes Pony Petti und ob es mit Tachi auskommen wird. Ich wäre froh, wenn ich sagen könnte, daß ich mir ihretwegen keine Sorgen mache, aber das wäre eine Lüge. Ich mache mir große Sorgen. Petti ist so sanft und so zahm und so zutraulich, daß ich mir nicht vor=stellen kann, was sie tun wird, wenn sie mit einem wilden Hengst wie Tachi zusammengebracht wird. Ich kann es mir ganz und gar nicht vorstellen.

Als Großvater Petti vor mehr als einem Jahr zu uns brachte, sagte er mir, daß sie eines Tages die Gefährtin eines feurigen asiatischen Wildpferdes werden sollte, das er aus der Mongolei zu bekommen hoffte. Aber Petti war schon so sanft und gefügig, gleich von Anfang an, als sie hier ankam, daß ich meinen Groß=

vater fragte, warum er ein so sanftes kleines Pony zur Gefährtin eines Wildpferdes machen wollte.

„Weil wir das Wildpferd davon überzeugen müssen, daß wir keine Feinde sind. Daß es uns vertrauen kann. Daß wir es nicht bedrohen, sondern ihm helfen wollen. Man kann doch mit einem Pferd nicht argumentieren, nicht wahr? Gibt es einen besseren Weg, es an unsere Berge zu gewöhnen, als ihm eine kluge und freundliche junge Gefährtin zu geben, die bereit ist, uns zu vertrauen? Die aus eigenem, freiem Willen nahe zu uns herankommt und die nicht in Angst und Schrecken versetzt wird, wenn wir auf einem Hügel in ihrer Nähe auftauchen, wenn sie beieinander sind?"

„Woher weißt du, daß sie ein Wildpferd in der Mongolei finden werden, wenn Wildpferde doch angeblich ausgestorben sind?" fragte ich ihn. (Das war vor einem ganzen Jahr.)

„Weil ich davon überzeugt bin, daß sie früher oder später ein Wildpferd finden werden. Und meine Freunde an der Akademie der Wissenschaften in der Mongolei haben mir eins versprochen, wenn sie eine Herde mit mehr als zwanzig Pferden finden sollten."

„Aber was wird dann später geschehen?" fragte ich ihn. „Wird Petti immer mit dem Wildpferd zusammenbleiben?"

„Nein. Nur so lange, bis es gelernt hat, uns zu vertrauen. Dann werden wir ihm eine wilde Gefährtin aus der Mongolei bringen, und du kannst Petti wieder zurückhaben."

„Aber sie ist so zahm!" sagte ich immer wieder.

„Je zahmer sie ist, desto nützlicher wird sie sein", sagte Großvater. „Du kannst alles tun, was du willst, um sie in unserer Nähe zu halten, Kitty, außer sie ins Haus bringen oder sie reiten."

So kam Petti vor einem Jahr zu uns. Ihr richtiger Name ist Petite, was auf französisch „klein" bedeutet. Wahrscheinlich ist es dumm, einem Shetlandpony einen französischen Namen zu geben, aber sie ist *wirklich* klein. Sie ist so klein und hübsch und lieb. Und bei uns wurde dann eben Petti daraus.

Zuerst ließ ich Petti immer zu Hause, wenn ich mit meinem Hund Skip in den Bergen spazieren ging. Skip ist ein Skyeterrier, und er läuft nie langsam, nicht einmal im Haus. Er hüpft und springt immer nur wie ein Ball. Eines Tages folgte uns Petti nach, und ich fing an, sie zu necken, und tat so, als ob ich wegliefe. Dieses Spiel gefiel ihr so gut, daß wir es sehr oft spielen. Petti und ich vergnügen uns die ganze Zeit auf diese Weise, sogar draußen, rings um das Haus herum. Wir spielen einander immer irgendwelche Streiche. Und weil sie es haßt, bei irgend etwas nicht mittun zu können, versucht sie ständig, ins Haus hereinzukommen. Sie probiert alles, um das zu erreichen, und wird jedesmal wütend und wiehert zornig, wenn ich ihr die Tür vor der Nase zumache.

Ich habe wirklich Angst davor, daß es ihr eines Tages doch gelingen könnte hereinzukommen und Mrs. Evans sie dann vielleicht nicht rechtzeitig sieht und sich daraus eine schreckliche Situation ergibt. Oder, wenn Petti je in Großvaters Arbeitszimmer gelangen sollte, wird sie wahrscheinlich alle seine Landkarten und Briefe und Papiere auffressen. Sie frißt wahnsinnig gern Papier. Es kostet also immer große Anstrengung, sie außerhalb des Hauses zu halten, obwohl ich persönlich glaube, daß sie sich einfach wie ein Hund vor dem Kamin hinlegen oder sich wie eine Katze auf der Matte zusammenrollen würde.

Gestern kam Mrs. Evans mit irgendwelchen Tüllgardinen in Großvaters Arbeitszimmer und sagte: „Da sehen Sie sich an, was dieses Pony mit den Gardinen gemacht hat! Es hat sie unten glatt abgefressen!"

Mein Großvater brummte und warf ohne besondere Anteil=nahme einen Blick auf die Vorhänge. „Ich nehme an, es hat versucht, durch das Fenster hereinzukommen", sagte er. „Was haben Sie denn gedacht?"

„Nichts dergleichen", sagte Mrs. Evans. „Dieses Pony macht solche Sachen ganz einfach nur, um mich zu ärgern. Dieses Pony weiß, daß ich es nicht ins Haus lasse, deshalb tut es, was es kann, um mir das heimzuzahlen. Neulich, als es schon halb in der Küche stand und ich es hinausschob, nahm es die Türmatte zwischen die Zähne und rannte damit zum Fluß hin=unter."

Großvater lachte nur. „Es fühlt sich eben wohl in Ihrer Ge=sellschaft, das ist alles."

„Unfug treibt es", sagte Mrs. Evans. „Sie verwöhnen das Mädel, und das Mädel verwöhnt das Pony."

„Sie sind diejenige, die es verwöhnt", erwiderte mein Groß=vater ärgerlich.

Und dann fingen sie an, „Unsinn" zueinander zu sagen, wie üblich.

Selbst wenn ich nicht zu Hause bin, weiß ich immer ganz genau, was sie einander alles sagen, wenn sie streiten, denn Mrs. Evans erzählt mir immer, was sie zu Großvater gesagt hat, und Großvater erzählt mir immer, was er zu Mrs. Evans gesagt hat. Aber ich plappere und plappere und sollte doch diesen Brief endlich zu Ende bringen. Mrs. Evans und Großvater erklären mir beide ständig, daß ich viel zuviel schwatze, aber ich mußte Dir doch von Petti und unserem Naturschutzpark erzählen, da=mit Du Dir nicht allzu viele Sorgen wegen Tachi machst. Ich hoffe nur, daß Deine Tante Seroghli meine Schrift entziffern kann und auch Zeit hat, alles für Dich zu übersetzen.

Nun warte ich also aufgeregt auf Tachis Erscheinen, und obwohl ich sehr besorgt bin, was er Petti tun wird, kann ich es doch gar nicht erwarten, was geschieht, wenn sie einander dann wirklich begegnen. Großvater sagt, ich muß mir immer vor Augen halten, daß es Pferde sind und keine Menschen. Er meint, daß ich ihretwegen nicht sentimental oder töricht sein soll. Ich versuche es ja, aber das ist ziemlich schwer, wenn man Petti so gern hat wie ich.

Nun also, leb wohl, und ich verspreche, Dir zu schreiben, sobald Tachi hier eintrifft.

Deine neue Freundin
Kitty Jamieson

PS Die mongolische Mütze ist fabelhaft. Niemand hier hat je so eine tolle Mütze gesehen, und ich kann es gar nicht erwarten, daß der Winter kommt, damit ich sie in die Schule tragen kann. Ich muß mir etwas ganz Besonderes als Gegengeschenk ausdenken, aber bisher ist mir noch nichts eingefallen, das auch nur halb so gut wäre. Kitty

5

Lieber Baryut!

Tachi ist hier!

Er kam am Freitag in einem Pferdetransporter aus der Quarantänestation der Regierung in Berkshire, und als der Landrover mit dem Pferdeanhänger vorfuhr, fragte der begleitende Tierarzt Großvater, ob er Tachi irgendwo auf der Wiese in der Nähe des Hauses oder draußen am Berghang freilassen sollte.

Großvater sagte: „Lassen Sie ihn hier frei! Wenn er seine neue Umgebung das erste Mal sieht, soll er auch gleich uns sehen."

Ich wußte nicht, was ich zu erwarten hatte, und obwohl Petti hinter mir stand und mich stubste und Skip im Haus eingesperrt worden war, damit er nicht bellen konnte, hatte ich ein ganz sonderbares Gefühl, noch ehe ich Tachi überhaupt erblickte. Wahrscheinlich war es Aufregung, aber ich glaube, auch Petti wußte, daß das, was im Pferdetransporter war, sie irgendwie anging, und sie spürte wohl auch, daß es etwas Rätselhaftes und Wildes war. Sie versuchte immerzu, ihren Kopf unter meinen Arm zu stecken, und stieß mich ständig in den Rücken, als wollte sie, daß ich wegginge und sie mitnähme.

„Pssst, Petti", flüsterte ich ihr ärgerlich zu.

Ich weiß nicht einmal, warum ich flüsterte, aber ich konnte Tachi in seiner Box wütend schnaufen hören, als ahnte er hier draußen irgendwelche Unannehmlichkeiten. Er schnaubte und stampfte und schlug mit den Hufen gegen die Wand.

„Geh ein bißchen zurück, Kitty", sagte Großvater und wies den Tierarzt an, die hintere Wagentür zu öffnen.

In dem Augenblick, in dem der Tierarzt den Riegel der Wagentür zurückschob, begann Petti zurückzuweichen. Dann drehte sie sich um und lief weg, auf die andere Seite des Hauses.

Großvater lachte und sagte: „Sie wird ihre Meinung noch ändern."

Dann wurde die Rampe heruntergelassen, und als Tachi sich Zentimeter um Zentimeter rückwärts herausschob, wußte ich, daß ich ein mir völlig neues und sehr wild aussehendes Tier vor mir hatte, wie es mir nie zuvor begegnet war. Noch nie hatte ich ein Pferd wie ihn zu Gesicht bekommen, und ich zog eine Grimasse und sagte: „Aber er ist ja häßlich!"

Ich hatte nicht erwartet, ein so vierschrötiges, so kraftvolles und gleichzeitig so schäbiges und struppiges Pferd zu sehen, mit einem Fell, dem die Haare zur Hälfte ausgegangen waren — obwohl man von Haaren bei ihm kaum sprechen kann. Und diese ungewöhnliche Mähne, die senkrecht in die Höhe steht wie eine Zahnbürste! Aber vor allem dieser riesige Kopf. Er sieht tatsächlich wie so ein urgeschichtliches Pferd aus, wie auf den Tafeln, die bei meinem Großvater an der Wand hängen. Und der Bart! Ich habe wirklich noch nie im Leben ein bärtiges Pferd gesehen, mit „Koteletten", wie mein Großvater sagt.

„Ist er nicht wunderschön?" fragte mein Großvater, als Tachi aus dem Transporter herauskam.

„Er ist gräßlich", sagte ich, obwohl ich das eigentlich gar nicht hatte sagen wollen. „Er sieht völlig verrückt aus!" In Wirklichkeit hatte ich schreckliche Angst.

Mein Großvater lachte nur. „Du wirst deine Meinung noch ändern", sagte er.

Und ich glaube, Tachi hatte schon begonnen, meine Meinung zu ändern, als er einen Augenblick dort stand — nur einen Augenblick lang — und uns mit gesenktem Kopf ansah, als bereite er sich zum Angriff vor. Und weil er so wild und furchteinflößend aussah, fiel mir alles ein, was Du mir von ihm erzählt hast, als Ihr ihn jagtet. Wie mutig und eigenwillig und unbesiegt er war. Da störte mich seine Häßlichkeit schon nicht mehr.

Aber zu meinem Großvater sagte ich: „Er wird hier nie glücklich sein, Großvater. Dazu ist er viel zu wild und zu — anders. Er wird sich hier *nie* eingewöhnen!"

„Abwarten!" sagte mein Großvater, und Tachi zog plötzlich die Schultern hoch wie eine riesige Katze, als wolle er angreifen. Aber dann galoppierte er unvermittelt über die Wiesen davon, so schnell er konnte. Er lief in gestrecktem Galopp, und es sah aus, als wollte er sich ganz flach machen, mit seinen merkwürdigen dicken kurzen Beinen. Bald verschwand er völlig in der Niederung, und ich glaube, er galoppierte auch dann noch immer weiter.

„Wunderbar!" sagte mein Großvater glücklich. „Prachtvoll! Was für ein Pferd! Großartig!"

Ich sah mich nach Petti um, aber sie hatte sich voll Entsetzen hinter dem Haus versteckt. Großvater schlug sich auf die Schenkel und lachte glücklich in seinen struppigen Bart hinein.

„Und jetzt bin ich gespannt, was Peter berichten wird", sagte er. „Ich werde gleich die Verbindung mit ihm im Krähennest aufnehmen und ihm sagen, er soll von jetzt an die Augen offenhalten."

Das Krähennest ist ein mit Glaswänden versehener Beobachtungsposten auf dem höchsten Berg unseres Naturschutzparks, und er ist so schwierig zu erreichen, daß mich Großvater nicht einmal versuchen läßt, dort hinaufzusteigen. Peter ist Großvaters Assistent, und er muß Sommer und Winter dort oben bleiben und alle Tiere beobachten. Er kann rundherum viele Kilometer weit sehen. Nächstes Jahr wollen sie im Krähennest Fernsehkameras installieren, damit wir alles, was im Park vor sich geht, auch in Großvaters Zimmer sehen können. Großvater ist jetzt schon zu alt, um dort hinaufzukommen, außer mit dem Hubschrauber. Nun gingen wir also ins Haus zurück, um mit Peter über den Spezialsender, den wir im Arbeitszimmer haben, zu sprechen. Als ich an Petti vorbeiging, lief sie vor uns weg, zum ersten Mal, als wüßte sie, daß wir ihr etwas angetan hätten.

„Es funktioniert bereits", sagte Großvater.

„Was funktioniert?"

„Sie ist beunruhigt, im Moment. Aber Petti hat schon bemerkt, was vor sich geht. Petti weiß es . . ."

Ich fragte ihn nicht, was Petti wußte, aber so jedenfalls fing es an.

Soweit ich das beurteilen konnte, wußte ich, daß die beiden nie zusammenkommen würden. Petti würde die Wiesen in der Umgebung des Hauses nie verlassen. Und Tachi würde nie in die Nähe des Hauses kommen. Ja, ich war überzeugt davon, daß Tachi bereits nach einer Möglichkeit suchte, zu entfliehen.

Aber Großvater sagte: „Geduld, mein Herz" und beauftragte Peter über Funk, uns sofort davon zu berichten, wenn er Tachi erblickte.

„Was erwarten Sie, daß das Wildpferd tun wird?" fragte Peter Großvater.

AIRPORT

„Ich habe keine Ahnung", sagte Großvater. „Aber es kann vorläufig nicht viel mehr tun, als sich eine abgelegene Stelle zu suchen und sie zu seinem Revier zu erklären."

Und das tat Tachi dann schließlich auch. Am nächsten Morgen rief uns Peter aufgeregt über Funk vom Krähennest aus an, als wir gerade frühstückten. (Peter ist ein kleiner Mann, der schrecklich gern tanzt, und weil er dort oben so allein ist, tanzt er die ganze Zeit. Ich meine, schottische und Pop-Tänze und sogar russische und ungarische Volkstänze – ganz für sich allein.)

„Ich kann jetzt das Wildpferd sehen, Herr Professor", sagte er. „Es saust in der ganzen Gegend herum und sucht verzweifelt nach einem Weg hinaus, oder es sucht überall seine Herde."

„Ausgezeichnet!" sagte Großvater. „Versuchen Sie, es im Auge zu behalten."

Und von da an berichtete Peter jeden Tag zu allen möglichen Zeiten, was Tachi tat. Peter war immer ganz aufgeregt. Tachi hat ja etwas an sich, das einen immer aufregt, als wüßte man, daß er etwas Ungewöhnliches tun wird oder etwas ganz furchtbar Wildes. Ich habe immerzu das Gefühl. Und Großvater auch.

„Trotz allem", sagte ich zu Großvater, „muß er entsetzlich einsam und unglücklich dort draußen sein."

„Das stimmt", sagte Großvater. „Er ist ein Herdentier, daher wird er seine Herde vermissen. Aber wir werden ihn noch ein bißchen einsamer werden lassen, bevor wir Petti zu ihm hinausschicken."

Ich sagte nichts, weil ich wußte, daß Petti nie in seine Nähe gehen und schon gar nicht bei ihm bleiben würde.

Peter beobachtete Tachi eine ganze Woche lang. Nachdem Tachi bis zur Erschöpfung im ganzen Reservat herumgaloppiert und manchmal völlig aus Peters Gesichtsfeld verschwunden war, entschloß er sich eines Tages, in einem kleinen Tal zu bleiben. Dort wuchs auf sandigem Boden eine Art Salzgras, und Wasser gab es dort auch.

„Es ist so wunderbar, ihn zu beobachten", erklärte uns Peter über Funk. „Immerzu schüttelt er wild den Kopf und schwenkt den Schweif und schaut hinauf auf die Hügel rings um ihn her, als suche er etwas. Er jagt allem nach, was er sieht, besonders Ziegen und Vögeln. Neulich sah ich, wie er hinter einer der Bergziegen in das Gebirge hineintrabte. Er ging sogar auf ein paar Saatkrähen los, die davonstoben, als wäre der Teufel hinter ihnen her. Prachtvolles Pferd, Herr Professor! Prachtvoll! Es hat sich das einzige Tal hier ausgesucht, wo es schwierig wäre, es einzufangen."

„Gut", sagte Großvater eines Morgens nach Peters üblichem begeistertem Bericht. „Heute nachmittag werden wir Petti zu ihm hinausbringen." Dann lachte Großvater auf seine spöttische Art, schlug sich auf die Schenkel und sagte: „Ich gäbe meinen rechten Arm darum, wenn ich sehen könnte, was passiert, wenn sich die beiden schließlich Nase an Nase gegenüberstehen. Ich nehme an, Petti wird ihm die kalte Schulter zeigen."

„Vielleicht wird Tachi ihr weh tun."

„Nicht in der freien Natur", sagte Großvater. „Das kommt nur in zoologischen Gärten vor."

„Und du willst Petti ganz einfach aussetzen dort draußen und zurücklassen?"

„Ja, jetzt ist es soweit, mein Herz", sagte Großvater mit einem Seufzer.

„Das ist grausam", sagte ich.

Aber da wurde Großvater sehr ernst. „Nein, das ist nicht

grausam", sagte er. „Tiere sind keine Menschen, Kitty. Ich werde dir das so lange vorsagen, bis du es verstanden hast. Letzten Endes wird Petti besser daran sein, wenn sie sich wie ein Pferd benimmt und nicht wie ein Schoßhund. Du wirst das schon sehen."

Aber ich war entsetzlich unglücklich, als wir Petti in unseren alten Pferdetransporter verluden und mit dem Landrover zum Tiriontal fuhren, wo Tachi sich aufhielt. Und auch Petti war sehr unglücklich. Was da vor sich ging, gefiel ihr gar nicht. Sie wollte sich nicht fangen lassen und wollte nicht in den Transporter hinein. Und als wir losfuhren, gab sie ein entsetzlich wütendes Wiehern von sich. Sogar Mrs. Evans, die sich doch immer über Petti beklagt hatte, stand kopfschüttelnd in der Tür, als täten wir etwas ganz Fürchterliches.

Großvater hatte sich die Landkarten angesehen und beschlossen, Petti an einer bestimmten Stelle jenseits des Tales zurückzulassen, in dem Tachi sich aufhielt. Auf dem Weg zurück nach Hause mußte sie dann durch Tachis neues Revier kommen.

„Sie wird Tachis Revier wahrscheinlich knapp nach Einbruch der Dunkelheit erreichen", sagte Großvater. „Da wird Tachi nicht nervös sein und herauskommen, um sich diesen Besucher im Finstern einmal anzusehen."

„Petti wird sterben vor Angst", sagte ich, den Tränen nahe, als wir das kleine Gehölz erreichten, wo wir Petti zurücklassen wollten.

„Unsinn!" sagte Großvater. „Petti wird genauso neugierig sein wie Tachi, glaub mir."

„Aber er ist ein wildes Tier!" protestierte ich.

„Ich glaube nicht, daß Petti das sehr stören wird", sagte Großvater mit einem verschmitzten Kichern, was mich so wü=

tend machte, daß er mich ein bißchen an den Haaren zog und sagte: „Jetzt beruhige dich aber."

„Er wird sie umbringen!" stieß ich hervor und konnte mein blödes Geschluchze jetzt nicht mehr unterdrücken, weil wir Petti aus der Box herausgeholt hatten und sie dort stand und uns ansah, als wären wir Ungeheuer. Ich fühlte mich auch wie ein Ungeheuer, das ihr etwas ganz Gemeines antat. Und als wir davonfuhren, galoppierte Petti hinter uns her, bis wir so schnell fuhren, daß sie uns nicht mehr nachkam. Dann blieb sie stehen; stand ganz einfach da und blickte uns verloren nach.

„Sie wird sich verlaufen ...", sagte ich und bemühte mich, nicht die ganze Gegend mit meinem Geheul zu erfüllen.

„Aber Unsinn!" sagte Großvater und versuchte, mich wieder aufzuheitern. „Ein Pferd findet besser den Weg nach Hause zurück als ein Hund. Du könntest Petti selbst oben in Schottland aussetzen, und sie würde nach Hause finden."

Aber ich kümmerte mich nicht darum, was Großvater sagte, und obwohl ich wußte, daß ich mich hysterisch und ziemlich dumm benahm, versetzte ich mich weiterhin in Pettis Lage und fragte mich, wie *mir* zumute wäre, wenn man mich davonjagte, um allein in der Wildnis einem wilden asiatischen Hengst gegenüberzutreten.

Weiter kann ich heute nicht mehr schreiben, Baryut. Ich bin total erschöpft. Ich habe das im Bett sitzend geschrieben. Es ist schon nach Mitternacht. Aber ich kann nicht schlafen. Ich muß immerzu an Petti denken, die jetzt versucht, durch all diese Berge den Weg nach Hause zu finden. Außerdem tobt ein fürchterliches Gewitter, mit Blitzen, die sämtliche Hügel und Wiesen erleuchten. Und mit Donner und Regengüssen. Der Donner klingt, als würde die ganze Erde auseinanderbrechen. Deshalb höre ich jetzt auf, weil ich lieber den Kopf unter der Decke vergraben möchte, damit ich die Blitze nicht sehen und das gräßliche Gekrache nicht hören muß.

Einige Tage später!

Ich hatte wirklich nicht erwartet, Petti lebendig wiederzusehen, nachdem wir sie dort in den Bergen zurückgelassen hatten. Aber in der nächsten Nacht, so ungefähr um zwei Uhr, wurde ich von einem Geräusch am Fenster aufgeweckt. Es war Petti, die versuchte, ihren Kopf hereinzustecken. Sie wieherte und machte einen fürchterlichen Lärm, und Skip unter dem Bett knurrte, weil er nicht wußte, was los war.

„Petti", rief ich und sprang aus dem Bett. „Du bist wieder da!"

Petti sah mich an, als ob sie sagen wollte: „Natürlich bin ich wieder da. Und wieso habt ihr mich überhaupt allein dort draußen gelassen?"

Ich kletterte aus dem Fenster, umarmte sie und betrachtete sie genau im Licht, das aus dem Fenster fiel, um zu sehen, ob sie irgendwo verletzt war. Dann brachte ich sie, barfuß wie ich war, in ihren Schuppen und sagte „Pssst!" zu Skip, der ständig nach ihren Hinterbeinen schnappte. Nachdem ich sie in ihrem kleinen Stall untergebracht hatte, kletterte ich wieder durch das Fenster zurück ins Bett und schlief selig, bis es am nächsten Morgen Zeit war, zur Schule zu gehen.

Natürlich sagte Großvater: „Ich hab's dir ja gleich gesagt."

Aber ich bemerkte, daß auch er Petti sehr sorgfältig untersuchte, ob sie irgendwo verletzt war, und er gab ihr sogar ein Stück Zucker, was ich nie durfte! Aber sie war ganz in Ordnung, also zog ich los zur Schule (seit einer Ewigkeit ist schon wieder Schule), und ich fühlte mich sehr erleichtert. Aber als ich an diesem Abend nach Hause kam, war Petti schon wieder weg.

„Zurück im Tal", sagte Großvater.

Ich war sehr aufgeregt und traurig und machte deshalb auch meine Geographie=Hausaufgabe nicht, wofür ich eine Strafe bekam. Als Petti am nächsten Abend noch nicht zurück war, brachte mir Mrs. Evans eine Tasse heißen Kakao ans Bett und flüsterte mir zu: „Du kannst Skip heute nacht im Schlafzimmer behalten, wenn du willst."

Skip liegt jede Nacht unter meinem Bett, aber Mrs. Evans sieht ihn nie, und deshalb flüsterte ich zurück: „Danke schön, Mrs. Evans", und gab ihr einen Kuß und fühlte mich ein bißchen weniger elend.

Diesmal kam Petti nach zwei Nächten und zwei Tagen zurück. Sie sah schrecklich aus. Sie war über und über mit Schlamm bedeckt, und diesmal zeigte mein Großvater auf einen kleinen Fleck an ihrer Flanke, der aussah, als hätte dort jemand ein bißchen von ihrem Fell weggebissen.

„Tachi hat sie angegriffen!" sagte ich. „Das ist ein Biß."

„Unsinn", sagte Großvater. „Das ist nur ein freundlicher Knabberer." Und er funkte hinaus zu Peter: „Das nächste Mal können Sie die beiden vielleicht zusammen sehen, Peter. Also behalten Sie das Tal mit dem Fernrohr im Auge."

„Wird gemacht, Herr Professor", sagte Peter.

„Sie wird ganz schwach und müde werden, wenn du sie immer wieder dort hinausschickst", protestierte ich, als Großvater erklärte, er würde sie wieder hinausbringen.

„Sie kann sich jederzeit niederlegen und sich ausruhen", sagte er. „Vielleicht benützt dann Tachi die Gelegenheit, sich näher mit ihr bekannt zu machen.“ Mit seiner spöttischen Art ärgerte mich Großvater sehr. Er verbot mir, Pettis wegen sentimental zu werden.

Der langen Rede kurzer Sinn: Wir brachten Petti innerhalb von fünf Wochen fünfmal an das entgegengesetzte Ende des Tales, und sie kam fünfmal zurück. Aber die letzten beiden Male blieb sie vier Tage weg, und sie war ziemlich verändert. An Sonnabenden und Sonntagen, wenn wir sie ein bißchen ausruhen ließen, lief sie mir noch immer nach. Aber sie versuchte nicht mehr, ins Haus hereinzukommen. Und einmal entfernte sie sich sogar tatsächlich vom Haus, als dächte sie daran, aus eigenem Antrieb in die Berge zurückzukehren.

„Es funktioniert“, sagte Großvater strahlend, als wir sie durch sein großes Glasfenster beobachteten.

„Sie wird nie von uns weggehen!“ erklärte ich wütend.

„Sie wird vielleicht nicht sehr weit von uns weggehen, wenn sie hier in der Nähe des Hauses ist“, räumte Großvater ein. „Aber wenn sie das nächste Mal durch das Tal dort trabt, wer weiß?“

An dem Montag, an dem er sie wieder wegbrachte, war ich nicht mehr um ihre Sicherheit besorgt, aber ich fing an, unglücklich zu sein, weil ich wußte, daß ich Petti verlieren würde. Ich wußte es.

Und diesmal kam sie tatsächlich nicht zurück. Vier Tage vergingen, fünf Tage, eine Woche, und dann ertönte eines Morgens um sieben krächzend Peters aufgeregte Stimme aus dem Lautsprecher. Er rief, daß er die beiden ganz deutlich im Tal sehen könnte.

„Der Wildhengst führt sie herum, und sie folgt ihm in respektvollem Abstand. Er sieht aus wie ein kleiner König, der seiner Braut ihr neues Reich zeigt.“

„Ausgezeichnet!" brummte Großvater zufrieden. „Vermerken Sie ganz genau, was die beiden tun, besonders, in welche Richtung sie sich bewegen, soweit Sie das verfolgen können."

„Ich bin ziemlich sicher, daß Tachi sich bereits umsieht, wie weit er kommen kann", sagte Peter. „Kann er den Fluß überqueren?"

„Nein, sie haben eine angeborene Angst vor Wasser", sagte Großvater.

„Ich habe jedenfalls den Eindruck, daß er einen Fluchtweg sucht. Er prüft die ganze Gegend."

„Natürlich", sagte Großvater, „aber ich nehme an, Petti wird ihn eines Besseren belehren."

Darauf warten wir nun also: Ob Petti Tachi dazu wird veranlassen können, sich bei uns häuslich niederzulassen. Genau das erwartet man ja schließlich von Petti.

In dieser Nacht weinte ich heimlich ein bißchen, als ich an die alte Petti dachte, die ich kannte, und an die neue Petti, die in den Bergen gehorsam hinter einem Wildhengst hertrottete. Ich wollte nicht unglücklich sein, aber ich konnte einfach nicht anders. Immer wieder sagte ich mir vor, daß Petti nie mehr so sein würde wie früher. Skip sprang ein paarmal auf mein Bett herauf und leckte mir das Gesicht ab – er liebt Salz, und Tränen sind sehr salzig –, aber ich weinte immer weiter, bis Großvater hereinkam, mich an den Haaren zog und brummte: „Jetzt ist es aber genug. Schließlich bist nicht du dort draußen, mein Herz, sondern ein Shetlandpony, ein Heidepony, und das gehört eben dort hinaus."

Aber mir war weiterhin zumute, als wäre ich mit Petti dort draußen, und das war ein gräßliches Gefühl. Wäre ich nicht so müde gewesen, ich hätte wahrscheinlich von neuem zu weinen begonnen. Aber da kam Mrs. Evans herein und fing an, meinem Großvater Vorwürfe zu machen, weil er zu diesem Pony so grausam wäre. Worauf Großvater „Unsinn!" sagte, und los ging's wieder einmal. Sie stritten noch immer draußen in der Küche, als ich einschlief, den zusammengerollten Skip zu meinen Füßen.

Zunächst einmal blieb Petti dem Haus fern, und Peter berichtete, daß die beiden ausgedehnte und sehr zielbewußte Ausflüge in die Berge und durch das Tal unternahmen. Sie waren immer in Eile, und Petti fiel gelegentlich in kurzen Galopp, um nicht zurückzubleiben. Manchmal sah Peter sie tagelang nicht, aber sie kamen immer wieder zurück zu Tachis „Standquartier" im Tiriontal. Dann fing Peter von neuem an, Großvater zu warnen, Tachi wäre entschlossen zu fliehen.

„Ich spüre, was dieses Wildpferd vorhat", sagte Peter. „Und nichts wird es daran hindern, Herr Professor, nicht einmal Petti. Es wird ausbrechen."

„Abwarten", war alles, was Großvater sagte.

Eine ganze Woche verging, ohne daß Peter sie sah, und sogar mein Großvater fing an, sich Sorgen zu machen. Manchmal stieg ich auf den kleinen Berg bei unserem Haus und suchte die Täler ringsum nach ihnen ab. Aber sie waren ganz einfach verschwunden.

Dann, eines Nachts um zwei, fing Skip unter meinem Bett zu bellen an, als fürchte er sich vor irgend etwas. Ich wachte auf und befahl ihm, still zu sein. Aber mir kam es vor, als sähe ich draußen etwas. Ich stand auf und schaute hinaus. Es war Petti. Und obwohl ich „Psst!" zu Skip sagte, „Petti ist zurückgekommen", bellte er weiter, und ich mußte aus dem Fenster klettern, um nachzusehen, was los war.

Petti war schmutzig und unordentlich und sehr unruhig, und zuerst wollte sie sich von mir gar nicht anfassen lassen. Dann lief Skip in die Dunkelheit hinaus und verbellte irgend etwas, wovon Großvater aufwachte. Er kam mit einer Taschenlampe heraus und fragte mich, was um Himmels willen ich in der Kälte draußen täte, im Schlafanzug und ohne Schuhe.

„Es ist doch Petti . . .", sagte ich.

„Das sehe ich", meinte Großvater. „Ich möchte nur wissen, was sie zurückgetrieben hat."

„Sie hat sich einsam gefühlt", sagte ich hoffnungsvoll.

„Unsinn, Kitty", entgegnete Großvater und versuchte, Petti einzufangen, aber sie wich ihm aus. „Fang du sie", sagte er. „Sie ist wegen irgend etwas nervös."

„Sie ist auch verändert", sagte ich. Ich näherte mich Petti sehr vorsichtig, und obwohl sie zuließ, daß ich sie an der Mähne festhielt, versuchte sie, sich loszumachen.

„Petti", sagte ich ärgerlich. „Was ist los?"

Ich zog sie zu Großvater hinüber, und er betrachtete sie beim Licht der Taschenlampe. Sie sah verwildert aus, nicht mehr so sauber wie früher, sie war gröber und härter geworden und über und über mit Schlamm und Kletten bedeckt.

„Irgend etwas stimmt nicht", sagte Großvater, als er sie untersuchte. „Schau!" Er richtete die Taschenlampe auf ihre Brust, direkt unterhalb des Halses.

Ein tiefer Striemen, ein flacher Schnitt verlief wie ein dünner gerader Strich quer über ihre Brust.

„Tachi hat sie wieder angegriffen", rief ich wütend.

„Nein, nein. Das ist von einem Draht", berichtigte mich Großvater. „Sie muß in den Zaun gerannt sein."

„Du meinst den elektrischen Zaun?"

„Natürlich."

„Da hat sie sich sicher verbrannt!"

„Unsinn!" sagte Großvater ungeduldig. „Davon spürt sie höchstens einen leichten Schlag. Aber sie muß direkt hineingaloppiert sein, um so einen Striemen zu bekommen."

„Das ist Tachis Einfluß", erklärte ich wutentbrannt.

Draußen in der Dunkelheit bellte Skip noch immer. „Tachi ist offenbar irgendwo dort draußen", sagte Großvater. „Und nicht sehr weit weg. Ruf Skip lieber her, denn wenn Tachi in seine Nähe kommt . . . also, hol ihn herein."

Ich lief zu Skip hin, der sich im Dunkeln, die kleinen Ohren zurückgelegt, gegen den Boden preßte; er sah zugleich tapfer und ängstlich aus und verbellte irgend etwas Unsichtbares. Ich nahm ihn auf den Arm und bat ihn, still zu sein, aber er knurrte weiter.

„Und du geh auch lieber hinein", befahl mir Großvater. „Wir wissen nicht, was dieses Wildpferd vorhat. Es gefällt ihm offenbar nicht, daß Petti hier ist. Also geh lieber hinein."

„Und was ist mit Petti?"

„Ich werde ihr die Wunde auswaschen und sie dann in Ruhe lassen." Ich wollte gerade wieder durch das Fenster zurückklettern, als Großvater mich sah. „Großer Gott!" rief er. „Was treibst du denn? Komm augenblicklich herunter und geh durch die Küchentür hinein!"

Also ging ich durch die Küchentür hinein, doch mit einemmal kam Petti hinter mir her und stubste mich ein bißchen mit der Nase an. Da wußte ich, daß sie einen ordentlichen Schock erlitten haben mußte und getröstet werden wollte. Aber in dem Augenblick, in dem ich den Arm um ihren Hals legte, schüttelte sie mich ab und wich zurück.

„Sie scheint auch nicht zu wissen, was sie will", schmollte ich.

„Offenbar will sie von dir ein Stückchen und ein Stückchen von Tachi", sagte Großvater. „Also vielleicht entwickelt sich doch noch alles wie geplant. Dann haben wir gewonnen."

Aber irgendwie wußte ich, daß ich drauf und dran war zu ver= lieren, Baryut. Großvater wusch den Schnitt aus, dann löschten wir überall das Licht und beobachteten Petti durch mein Fenster. Sie blieb noch eine Weile da; einmal kam sie ganz nahe an das Fenster heran und drehte sich dann um, als hätte sie es sich überlegt, und lief davon.

Ich glaube, das war das letzte Mal, daß Petti in die Nähe des Hauses kam, obwohl ich sicher bin, daß sie versuchte, Tachi mehr in unsere Nähe zu bringen. Eines Morgens, als wir gerade zur Schule fahren wollten, rief Großvater aufgeregt aus seinem Arbeitszimmer: „Kitty, schau!"

Ich rannte an das große Fenster seines Arbeitszimmers, und er zeigte über das Tal hin zu den Bergen in der Nähe unseres Hauses. Tachi und Petti wanderten den steilen Hang hinauf. Bei einem großen Felsblock blieben sie stehen, und Tachi schüttelte wütend den Kopf, genau wie Du es beschreibst, und er schien die Witterung aus unserer Richtung einzuholen.

Dann drehte sich Petti plötzlich um, als wollte sie zurück zum Haus.

„Jetzt werden wir's sehen", sagte Großvater.

Was wir sahen, war, daß Tachi sich umdrehte und hinter Petti herging. Als er sie erreichte, stieß er sie ganz einfach fest mit der Nase. Sie zögerte einen Augenblick, kehrte dann aber um und folgte ihm wieder.

„Er hat sie gebissen", sagte ich.

„Das hat er nicht", sagte Großvater. „Er hat sie nur ein bißchen gezwickt."

„Sie wollte herunterkommen!"

„Freilich. Und eines Tages wird sie ihn näher heranbringen. Sie hat ihn schon bis in unser Tal gebracht. Offenbar gewöhnt er sich ein."

Aber ich glaubte es nicht wirklich, Baryut, und Peter glaubt es auch nicht. Er berichtet aus dem Krähennest, daß Tachi hinkt, als ob auch er mit dem Zaun oder sonst etwas heftig in Berührung gekommen wäre.

„Ich glaube, er versucht, den Zaun niederzutreten", sagte Peter. „Und es wird ihm auch gelingen."

„Das ist ja lächerlich", sagte Großvater.

Trotzdem schickte er Mr. Selby aus — einen der Aufseher des Naturschutzparks, der in dem Häuschen an der Straße wohnt —, um die Umzäunung überprüfen zu lassen. So beende ich also diesen Brief, Baryut, und hoffe, daß Du nicht so beunruhigt und verwirrt darüber bist wie ich jetzt. Denn ich weiß wirklich nicht, ob Petti gewinnen wird oder Tachi.

Auf jeden Fall aber hat es den Anschein, als warteten wir alle, als wüßten wir alle, daß Tachi versuchen wird, irgend etwas ganz Außergewöhnliches zu tun. Irgend etwas wird geschehen. Wir spüren es! Obwohl wir uns eigentlich nicht vorstellen können, was es sein wird. Und darum warten wir eben.

Inzwischen ist bei uns der erste Schnee gefallen, und ich möchte gern wissen, was Petti ohne ihren Stall und ihr Futter machen wird und ohne die warme Decke, die wir ihr manchmal übergelegt haben.

Bitte, schreib, wenn Du kannst. Ich möchte schrecklich gern erfahren, was in Tachis Abwesenheit mit der übrigen Wildherde geschehen ist und ob Du Dir noch immer Sorgen machst darüber, daß er so weit weg ist.

Schreib mir ein paar Zeilen, wenn Deine Tante Seroghli nicht zu viel zu tun hat.

Herzliche Grüße an Deine ganze Familie!

Deine besorgte englische Freundin
Kitty Jamieson

6

Meine liebe Freundin Kitty!

Natürlich habe ich alle Deine wunderbaren Briefe erhalten, aber meine Tante Seroghli war in Swerdlowsk, daher gab es hier niemanden, der sie mir hätte vorlesen oder Dir hätte antworten können. Ich wollte sie unserer Englischlehrerin zum Lesen geben, aber meine Mutter fand, das wäre unhöflich Dir gegenüber, deshalb wartete ich auf Tante Seroghli. Jetzt ist sie wieder da, schickt Dir herzliche Grüße und bittet Dich um die Erlaubnis, einige Deiner Briefe ihren Studenten vorlesen zu dürfen. (Sie bereitet Studenten auf ihr Diplom vor.) Sie wäre Dir sehr dankbar dafür, denn das würde sehr zum freundschaftlichen Verständnis zwischen unseren beiden Völkern beitragen und unseren jungen Leuten viel Wissenswertes über Eure Art zu leben erzählen.

Ich war sehr überrascht von allem, was Du mir schriebst, weil ich mir vorgestellt hatte, daß Tachi in einen dieser kleinen englischen Parks kommen würde, von denen wir immer lesen, wo es keine so weitläufigen Weideflächen gibt wie bei uns. Aber Gritti – Du erinnerst Dich, der junge Zoologe – erzählte mir, einer der Gründe, weshalb Ihr Tachi bekommen habt, ist Euer wunderbares Reservat und seine Ähnlichkeit mit den hiesigen Lebensbedingungen, wenn man vom Wetter absieht. Deshalb bin ich nicht mehr so besorgt um Tachi. Aber Du beschreibst alles so gut, daß ich mir sehr genau vorstellen kann, wie Tachi auf eine Gelegenheit wartet, zu entkommen.

Aber wohin wird er gehen, Kitty, wenn es ihm tatsächlich gelingen sollte? Darüber mache ich mir Sorgen. Ich habe mir eine Karte von Eurem kleinen Land angesehen, da gibt es überall Tausende von Straßen und Dörfern. Sollte er wirklich je entkommen, dann glaube ich, besteht am ehesten die Gefahr, daß er auf der Straße getötet wird. Oder ein Bauer könnte ihn vielleicht erschießen, weil er ihn für ein gefährliches Tier hält. Das einzige, was ich genau weiß, ist, daß er nie über einen Fluß schwimmen wird. Wie Dein Großvater sehr richtig sagte, hassen unsere Wildpferde weite Wasserflächen.

Die Herde ist nicht mehr dieselbe, seit Tachi fehlt. Sie scheint mir ohne ihn sehr unvorsichtig zu sein. Aber natürlich ist sie jetzt sicher, wenn der kommende Winter nicht zu hart wird. Die mongolische Regierung hat unser Gebirge zum Schutzgebiet für Wildpferde erklärt, und ab nächstem Jahr wird mit Hilfsaktionen für unsere Wildpferde im Winter begonnen. An den Berghängen sollen Unterstände zum Schutz der Pferde ausgehauen werden, und man will Futter auslegen an Stellen, wo die Tiere es finden können, wenn der Winter sehr hart wird.

Was mich betrifft, so bin ich jetzt viel besser in der Schule, und meine Tante sagt, ich träume nicht mehr soviel in den Tag hinein, seit man Tachi weggebracht hat. Aber nachts liege ich oft wach und denke an ihn und frage mich, wie ihm wohl zumute sein muß, so weit weg von daheim. Genau wie Du versuche ich, mich an seine Stelle zu versetzen, und ich weiß, daß ich sehr unglücklich wäre, wenn ich glaubte, ich würde meine heimatlichen Weidegründe und Berge nie wiedersehen. Bestimmt hat er große Sehnsucht nach seiner Heimat.

Ich werde Dir wieder schreiben, wenn Tante Seroghli aus Ulan Bator zurückkommt, wo sie diesen Brief aufgeben wird.

Beste Wünsche von meiner ganzen Familie an Dich und Deinen wunderbaren Großvater und an Mrs. Evans. Meine Mutter ließ sich sämtliche Stellen über Mrs. Evans immer wieder von Tante Seroghli vorlesen, und sie schüttelte immerzu den Kopf, nickte seufzend und machte „Tzz, tzz, tzz", weil sie sich ganz genau vorstellen kann, was Mrs. Evans mitmacht. Grüße auch Skip schön von mir.

Dein ferner Freund
Baryut
Schüler der 4. Klasse

PS Meine Tante sagt, sie wird Dir ein Buch schicken, eine ganz einfache Grammatik unserer Sprache auf englisch. Ich bin jetzt dabei, sehr fleißig Englisch zu lernen, und ich werde mich nicht eher zufriedengeben, bis ich eines Tages Deine Briefe selbst lesen und meine Antworten selbst schreiben kann. Ich lege Dir ein Foto von mir bei, das voriges Jahr aufgenommen wurde, als ich auf dem neuen Motorrad meines Bruders saß. Ich kann zwar nicht wirklich damit fahren, aber ich weiß, wie man es macht. Links steht meine Schwester Miza. Sie sieht sehr besorgt aus, denn sie fürchtet, ich würde wirklich damit wegfahren. Baryut

7

Lieber Baryut!

Das wird ein sehr, sehr trauriger Brief, also bitte, mache Dich darauf gefaßt. Und bevor Du noch überhaupt ein Wort gelesen hast, muß ich mich schon für alles entschuldigen, was ich darin schreiben werde.

Du hast wahrscheinlich schon erraten, was geschehen ist. Tachi ist weg, und er hat Petti mitgenommen. Ich habe Dir nicht sofort geschrieben, als es passiert war, weil keiner von uns es wirklich glauben wollte, nicht einmal Peter, der doch die ganze Zeit gesagt hatte, daß es so kommen würde. Aber es ist geschehen. Es ist tatsächlich geschehen!

Ich werde lieber von vorn anfangen, sonst wird das Ganze ein schreckliches Durcheinander und Geschmiere voll riesiger Tränenkleckse. Du erinnerst Dich: Ich schrieb Dir, wie Petti versuchte, Tachi näher zum Haus zu bringen, und wie wir hofften, das wäre ein gutes Zeichen! Danach sahen wir die beiden zehn Tage lang überhaupt nicht, auch Peter nicht. Und gerade, als wir wieder anfingen, uns Sorgen zu machen, tauchten sie auf dem Gipfel des Berges auf, auf dem Peter im „Krähennest" lebt. An einem klaren Tag, als die Berge schon mit Schnee bedeckt waren, sah er sie. Er traute seinen Augen nicht.

„Ich verstehe nicht, wie sie so hoch heraufklettern konnten", sagte er über Funk. „Unglaublich!"

„Gibt es da oben irgendwelches Futter? Wächst da was?" fragte mein Großvater, als wäre er kein bißchen überrascht.

„Ich weiß nicht", sagte Peter. „Aber was bildet sich dieses verrückte Pferd eigentlich ein? Was will es hier oben?"

„Weiß der Himmel!" sagte Großvater. „Was für ein Pferd!"

Aber ich dachte eben immer noch in erster Linie an Petti und sagte: „Arme Petti! Tachi zwingt sie, ihm zu folgen. Er bedroht sie . . ."

Großvater wurde wütend. „Ich hab dir schon hundertmal gesagt", erklärte er mir, „du sollst ein Pferd nicht nach menschlichen Gesichtspunkten beurteilen!"

Peter beobachtete sie also weiter, bis sie wieder verschwanden. Aber dann fingen wir von neuem an, uns Sorgen zu machen, denn das Wetter wurde bitter kalt und windig, und der Regen war so eisig, daß man das Gefühl hatte, er bohre einem lauter kleine Löcher ins Gesicht.

„Sichtweite gleich Null", verkündet Großvater jeden Morgen bei dieser Sorte Wetter.

Wir erwarteten daher nicht, Tachi oder Petti zu Gesicht zu bekommen, solange dieses Wetter anhielt. Peter in seinem Krähennest erklärte, er lebe dort oben (tanzend höchstwahrscheinlich!) in seiner privaten kleinen weißen Wolkenwelt, denn er war oberhalb des Regens unter blauem Himmel, während wir hier unten in einem unwirtlich grauen, nassen Tal saßen.

Nach Wochen erst klärte es sich wieder auf, und wir begannen neuerlich, intensiv nach Tachi und Petti Ausschau zu halten. Großvater meinte, daß Tachi Petti offenbar beibrachte, bei Nacht zu grasen und sich am Tage zu verbergen. Das wäre für Wildpferde typisch. Aber sogar die Forstaufseher konnten die beiden nicht finden, bis eines Tages Mr. Selby – der in dem kleinen Häuschen wohnt – erzählte, er hätte Tachi und Petti plötzlich entdeckt, wie sie in einer kleinen Mulde am Berghang lagen, wo sie Schutz vor dem Wind suchten. Als sie Mr. Selby sahen, erhoben sie sich sofort und galoppierten davon.

Da waren wir wieder erleichtert und gewöhnten uns schließlich daran, daß sie immer wieder verschwanden. Wir wußten nun bestimmt, daß sie sich bei Tag versteckten und nachts grasten. Als daher wieder zwei Wochen vergingen, ohne daß wir sie sahen, waren wir nicht weiter beunruhigt. Aber dann verging eine weitere Woche, und es war noch immer nichts von ihnen zu sehen, und diesmal begannen wir doch, uns Sorgen zu machen.

Aber was konnten wir schon tun?

Jetzt im nachhinein macht sich Großvater Vorwürfe, Tachis Charakter und Entschlossenheit unterschätzt zu haben. Oder zu lange gewartet zu haben, ehe wir die Hubschrauber der Royal Air Force anforderten. Die Forstaufseher hatten zu Fuß jeden nur möglichen Schlupfwinkel des Reservats abgesucht, und Mr. Selby war mit seinem Pony durch sämtliche Täler geritten. Peter hatte durch seine starken Ferngläser, die ungefähr so groß wie ein Stuhl sind, und durch seine Teleskope geschaut und war sogar, so weit er konnte, auf den Berg hinausgegangen. Großvater und ich hatten jeden Winkel in unserer Gegend abgesucht, und selbst Mrs. Evans kam jetzt manchmal in das Arbeitszimmer und versuchte, durch das große Fernglas zu schauen.

„Wenn Sie auch nur ein bißchen Verstand hätten, dann hätten Sie Futter rings um das Haus ausgelegt", sagte Mrs. Evans zu Großvater. „Das hätte dieses Pony schon nach Hause gebracht."

Großvater schnaubte nur wütend, und sie fingen einen fürchterlichen Streit an. Sie waren wirklich sehr aufgeregt, und ich nehme an, mein dummes, unglückliches Gesicht beunruhigte sie noch zusätzlich, obwohl ich mich immer bemühte, in ihrer Nähe nicht allzu bedrückt auszusehen.

Jedenfalls gab es keine Spur von den beiden Pferden, und schließlich rief Großvater die Hubschrauberrettungsstation der Royal Air Force in Newport an und bat um ihre Hilfe. Wir haben nicht gern Hubschrauber über dem Reservat, weil sie die Tiere aufschrecken, aber bei schlechtem Wetter bitten wir gelegentlich um ihre Hilfe, um Futter für die Wildziegen auf die steilen Hänge zu bringen.

Die Royal Air Force schickte uns zwei Hubschrauber und sagte, wir könnten sie zwei Tage lang haben. Einer der Piloten fragte mich, ob ich mitfliegen wolle.

„Natürlich!“ antwortete ich, und ehe er es sich wieder anders überlegen konnte, kletterte ich die steile Metalleiter hinauf, und los ging's. Ich hatte die ganze Zeit das Gefühl, ich wäre auf einem fliegenden Teller – nicht auf einer Untertasse! – und als schwänge ein Riese diesen Teller um seinen Kopf. Wir flogen die Täler entlang, über die Berge, stiegen senkrecht in die Höhe und senkrecht hinunter, und Großvater und die anderen suchten alles mit ihren Ferngläsern ab.

Nach zwei Tagen intensiven Suchens wußten wir, daß Tachi und Petti nicht mehr im Reservat waren. Am zweiten Tag meldete Mr. Selby, daß er eine Lücke im Drahtzaun gefunden hatte, weit drüben im Osten der Berge. Es war beinahe finster, und wir waren alle müde, aber Großvater überredete einen der Hubschrauberpiloten, dorthin zu fliegen. Wir waren in weniger als einer halben Stunde dort. Genau an dieser Stelle traf der elektrisch geladene Zaun mit einer festen alten Steinmauer zusammen, die Teil eines alten Bergwerks gewesen war (einer keltischen Goldmine).

„Es ist nicht der Drahtzaun, die Mauer ist eingerissen", stellte Mr. Selby fest.

Die Stelle, an der der Draht endete und der hohe alte Steinwall beginnt, war ganz niedergetrampelt. Wenn Du diese Mauer sehen könntest, Baryut, würdest Du Dich fragen, wie es selbst mit einem großen Bulldozer möglich wäre, ein derartiges Loch hineinzureißen. Immer wieder war gegen die Steine geschlagen worden, und einige lagen zwanzig Meter weiter weg auf der anderen Seite. Es war kein großes Loch, gerade groß genug, daß die beiden hindurchschlüpfen konnten, aber es war kaum zu glauben, daß ein Pferd, noch dazu ein so kleines wie Tachi, eine solche Lücke in die Mauer hatte reißen können.

„Unglaublich!" sagte Großvater. „Er muß viele, viele Tage dagegengehämmert haben. Weiß Gott, wie lange er diese eine Stelle bearbeitet hat."

Wir sahen uns die Steine auf der anderen Seite an, und manche davon waren blutbedeckt. Tachi hatte offenbar so lange auf sie eingehämmert, bis er blutete.

„Wahrscheinlich hat er sich dabei auch seine Hufe ganz kaputtgeschlagen", sagte Mr. Selby.

„Wahrscheinlich", antwortete Großvater unglücklich.

Inzwischen war es dunkel geworden, und es hatte keinen Zweck mehr, außerhalb der Mauer zu suchen. Daher flogen wir mit dem Hubschrauber wieder nach Hause zurück. Großvater hatte große Schwierigkeiten, die Royal Air Force dazu zu überreden, daß sie uns noch für einen weiteren Tag einen Hubschrauber zur Verfügung stellte, damit wir auch die Berge außerhalb der Umzäunung absuchen könnten. Er mußte alle mögli=

chen wichtigen Leute anrufen, aber schließlich sagte man ihm, er könnte für den kommenden Vormittag einen Hubschrauber haben, aber länger auf keinen Fall.

„Das gibt uns wenigstens noch eine kleine Chance", sagte Großvater.

Ich glaubte nicht, daß es etwas nützen würde, weil ich wußte, Tachi würde keine Zeit damit verlieren, sich in der Nähe des Reservats herumzutreiben. „Er ist wahrscheinlich inzwischen schon viele Kilometer weit weg", sagte ich zu Großvater.

„Aber wohin?" erwiderte er gereizt. „In welche Richtung, glaubst du, hat er sich gewandt?"

„Ich weiß nicht", antwortete ich. „Aber wenn er wirklich entkommen will, Großvater, wird er einfach immer weiter und weiter laufen."

„Wahrscheinlich hast du recht", sagte Großvater bedrückt. „Obwohl Petti ihn vielleicht ein bißchen aufhalten wird."

Am nächsten Tag suchten wir von halb sechs Uhr morgens bis halb zwei Uhr nachmittags die Farmen der Umgebung aus der Luft ab. Aber obwohl wir über viele Bergponys und Pferde hinwegflogen, war leicht zu erkennen, daß Tachi und Petti nicht darunter waren. Tachi hatte bereits sein gelbes Sommerfell gegen einen dicken, rötlichen Winterpelz vertauscht, aber er war in jedem Fall so ungewöhnlich, daß man ihn jederzeit hätte herausfinden können.

Als wir an diesem Sonntag nach Hause zurückflogen, waren wir alle sehr niedergeschlagen, und sogar Peter, den wir von seinem Krähennest abgeholt hatten und jetzt wieder dort absetzten, sagte, wie sehr ihm Tachi dort oben fehlen würde, der nun nicht mehr auf seiner wilden Suche nach irgend etwas durch sein Revier toben würde.

„Seien Sie unbekümmert", beharrte Großvater. „Er wird schon wieder auftauchen."

Ich glaube es nicht, und wütend sagte ich zu Großvater, ich wäre überzeugt, daß wir keinen von beiden je wiedersehen würden.

An diesem Abend kam Großvater in mein Schlafzimmer und las mir eine Stelle aus dem Buch „Das asiatische Wilpferd" vor, wo stand, daß man ein Wildpferd namens Tornado seinerzeit hundertzwanzig Kilometer vom Prager Tiergarten entfernt aufgefunden hatte, aus dem es ausgebrochen war.

„Und das war kein so dichtbevölkertes Gebiet wie hier bei uns", sagte Großvater, „wo man ihn sehr leicht entdecken kann."

Ich wußte, daß er mich trösten wollte, ich wußte aber auch, daß er versuchte, sich selbst Mut zuzusprechen. Am nächsten Tag, einem Montag, begann er, während ich in der Schule war, sämtliche Polizeikommissariate und sämtliche Farmer in den Bergen in unserer Umgebung anzurufen. Zuletzt setzte er sich mit allen Postenkommandanten der umliegenden Grafschaften in Verbindung, erklärte ihnen, was geschehen war, und bat sie, ihre Polizisten nach den beiden Pferden Ausschau halten zu lassen. Er wandte sich außerdem noch an alle möglichen anderen Organisationen: Naturschutzvereine, Wandergruppen, Landarbeiter- und Farmerorganisationen. Er hing den ganzen Tag am Telefon, und ich glaube, als er an diesem Abend endlich zu Bett ging, war er überzeugt davon, ein riesiges Netz über alle benachbarten Grafschaften gespannt zu haben, so daß die beiden Pferde früher oder später entdeckt werden mußten.

Das war genau vor dreiundzwanzig Tagen, Baryut, und wir haben keinerlei Nachricht von irgendwem, nirgendwoher. Kein

Wort. Was ganz und gar unglaublich ist. Die beiden sind ganz einfach vom Erdboden verschwunden, und jedesmal, wenn ich das sage oder auch nur daran denke, geht diese gräßliche Heulerei wieder los. Deshalb sieht diese Seite auch so grauenhaft verschmiert aus, weil ich mich nicht beherrschen kann. Es geht einfach nicht anders, obwohl ich weiß, daß es dumm ist.

Eigentlich tut mir Großvater am meisten leid, denn er hat nicht nur sein wertvollstes Tier verloren, auf das er jahrelang gewartet hatte — seit damals, als er die Leitung dieses Naturschutzgebietes übernahm —, sondern er ist auch deshalb besonders verzweifelt, sagt er stöhnend, weil ihm dieses seltene und wunderbare kleine wilde Geschöpf von seinen Freunden, den mongolischen Wissenschaftlern, anvertraut worden ist. „Und ich war so dumm. So dumm!" wiederholt er immer wieder.

Wenn ich ihm sage, er soll sich nicht so aufregen, antwortet er: „Aber ich habe das wahre Wesen dieses Pferdes und seine wahren Absichten völlig unterschätzt. Allerdings weiß ich immer noch nicht, was seine wirklichen Absichten sind. Was bildet es sich eigentlich ein, was hat es vor?"

Sie sind also beide weg, Baryut, und ich kann nicht sagen, wen von beiden ich mehr vermisse. Wir wissen nicht einmal, wo wir sie noch suchen sollen. Neulich war Großvater einmal so verzweifelt, daß er in den Landrover stieg und ganz Gloucestershire bis nach Berkshire hin abklapperte und überall Farmer und Dorfbewohner fragte, ob sie irgendwo eine Spur von den beiden Pferden gesehen hätten.

Sind sie in irgendeinen stillgelegten alten Steinbruch gestürzt? Sind sie in einem Fluß ertrunken? Oder gar im Meer? Hat vielleicht ein Farmer sie getötet? Sind sie überfahren worden? Oder eingefangen worden? (Bei Tachi ausgeschlossen.) Oder ha=

ben sie sich verirrt? Wohin? Oder sind sie verletzt? Oder krank? Das ist alles, was ich Dir sagen kann, außer daß wir die Hoffnung noch nicht aufgegeben haben. Wir wissen, daß Tachi ein eigenwilliges und zielbewußtes Pferd ist.

Aber jetzt will ich Schluß machen, ehe ich wieder ganz traurig werde. Und bitte, bitte, verzeih diese ganze schreckliche Angelegenheit, Baryut. Ich hoffe, Du verstehst, wie unglücklich wir alle darüber sind.

Deine sehr traurige englische Freundin
Kitty Jamieson

PS Ich schreibe sofort, wenn wir irgend etwas hören. Ich habe nicht den Mut, Dir Fotos von mir zu schicken, denn ich nehme an, daß Du sie jetzt nicht haben willst. Kitty

8

Liebe Kitty!

Bitte, laß nicht zu, daß sich Dein Großvater Vorwürfe wegen Tachis Verschwinden macht, denn Tachi war eindeutig entschlossen auszubrechen, ganz gleich, was für Vorsichtsmaßnahmen Ihr getroffen hättet. Das ist seine wilde Natur. Bitte, sag das Deinem Großvater.

Ich glaube aber, Tachi wird es nicht zulassen, daß Petti ein Leid geschieht. Pferde halten unglaublich aneinander fest, wenn sie einmal zusammengefunden haben. Tachi wird gegen alles kämpfen, das versuchen sollte, ihr etwas Böses anzutun. Obwohl er, wie meine Tante sagt, ja nicht gegen das Wetter oder gegen Autos oder gegen Unfälle kämpfen kann, nicht wahr? Aber ich glaube nicht, daß er tot ist. Er ist zu klug, um tot zu sein.

Also laß den Kopf nicht hängen und schicke mir bitte die Fotos. Ich möchte sie sehr gern haben.

Dein mitfühlender Freund
Baryut

PS Meine Tante hat etliche Bücher in russischer Sprache von den bekannten Waliser Schriftstellern Gwyn Thomas und Richard Llewellyn gefunden, die sie mir vorlesen wird. B.

9

Lieber Baryut!

Ich wollte nicht früher schreiben, obwohl es Monate her ist, seit ich Deinen letzten Brief bekam (drei Monate und zweiundzwanzig Tage). Aber ich hatte einfach nicht den Mut zu schreiben, da es ja nichts zu berichten gab.

Und jetzt gibt es zwar etwas zu berichten, aber ich weiß nicht recht, was es zu bedeuten hat. Na, jedenfalls nach Wochen und Wochen ohne jede Nachricht bekamen wir plötzlich Hunderte, wirklich Hunderte von Berichten aus dem ganzen Land, in denen stand, daß Tachi und Petti gesehen worden waren. Manche kamen von der Polizei, manche von Wildtierenthusiasten, manche von Farmern oder anderen Leuten vom Lande und manche von irgendwelchen Fremden, die vom Verschwinden der beiden Pferde gehört hatten. (Eine Zeitung machte sich einen Witz und schrieb: „Wildwestpferd in Großbritannien verlorengegangen.“) Großvater tat die ganze Zeit nichts anderes, als Telefonanrufe entgegenzunehmen und dann plötzlich irgendwohin loszurasen, manchmal in Gegenden so weit wie Essex und Norfolk oder gar bis nach Schottland.

Aber nichts. Wir hatten kein Glück. Jede einzelne Meldung war falscher Alarm. Nur eine Frau hatte sie wirklich gesehen. Sie führt eine Hühnerfarm nicht weit von unserem Reservat, aber sie wußte nicht, daß wir Tachi und Petti suchten, bis es ihr viele Wochen später jemand erzählte. Sie hatte die beiden offenbar in derselben Nacht gesehen, in der sie ausgebrochen waren. Sie war von dem Gebell ihrer Hunde aufgewacht. Da sie dachte, es wäre ein umherstreichender Fuchs, der auf Beute aus war, nahm sie ein Gewehr und eine Taschenlampe und ging hinaus. Sie leuchtete mit der Taschenlampe eine Kiste an, in der sie Kleie aufbewahrte, sah „zwei merkwürdige Tiere" aus der Kiste fressen und schoß. Sie glaubte aber, gefehlt zu haben. Dann erkannte sie, daß sie auf ein „Shetlandpony" und ein „völlig unmögliches, wie ein Pferd verkleidetes Tier" geschossen hatte. So beschrieb sie Tachi!

Beide Pferde liefen sofort in die Dunkelheit davon. Mrs. Jackson (die Hühnerzüchterin) sagte, daß eines von ihnen sehr lahmte, obwohl sie sich nicht erinnern kann, welches von beiden. Sie sagte, sie wäre sicher, daß nicht sie die Verletzung verursacht hatte, aber es konnte kaum laufen, sagte sie.

Großvater dachte darüber nach und sagte dann: „Offenbar war das Tachi. Es müssen die Verletzungen sein, die er sich beim Durchbrechen der Mauer zugezogen hat."

Obwohl seither Wochen vergangen waren, bemühten wir uns herauszufinden, wohin sie sich damals gewendet haben konnten, aber selbstverständlich war nirgends mehr eine Spur von ihnen.

Dann bekam Großvater eines Vormittags einen französischen Brief von einem Monsieur Fanon, dem stellvertretenden Leiter des Tiergartens von Bordeaux. Monsieur Fanon fragte, ob es möglich sei, daß das in unserem Reservat vermißte mongolische Wildpferd irgendwie nach Frankreich gelangt wäre. Monsieur Fanon schrieb, daß er in einer französischen zoologischen Zeitschrift vom Verschwinden unseres Wildpferdes gelesen hatte.

Er hielte es doch für angebracht, Großvater zu schreiben, weil er vor kurzem mit dem Fleischlieferanten des Tiergartens, der aus dem französischen Hafen Le Havre kommt, gesprochen hatte. Der hatte ihm nämlich erzählt, daß er ein sehr merkwürdiges, struppig aussehendes Pferd in einer großen Herde importierter Pferde gesehen hatte, die zum Schlachthof nach Quillebeuf gebracht wurde. Monsieur Fanon schrieb, daß die Beschreibung des Fleischlieferanten von dem „merkwürdigen" Pferd auf ein mongolisches Wildpferd paßte, das gerade seinen Winterpelz verlor. Er hatte daher versucht, mehr zu erfahren, aber mehr wußte der Fleischlieferant nicht.

„Wenn Sie es für möglich halten, daß Ihr Wildpferd nach Frankreich gelangt sein kann", schrieb Monsieur Fanon, „werde ich meine Nachforschungen hier fortsetzen. Aber nur, wenn Sie es wirklich glauben."

Als er diesen Brief bekommen hatte, schickte Großvater sofort ein Telegramm an Monsieur Fanon, mit dem Inhalt, er wisse absolut nicht, auf welche Art und Weise unser Wildpferd nach Frankreich gelangt sein könnte. Aber Großvater schrieb auch, bei diesem ungewöhnlichen Pferd wäre alles möglich, außer daß es den Kanal überschwämme. Er wäre daher sehr dankbar, wenn Monsieur Fanon auf jeden Fall seine Nachforschungen fortsetzte, während Großvater die Möglichkeiten von unserer Seite her auskundschaften wollte.

Das ist also die letzte Neuigkeit, Baryut. Sie macht einem Hoffnung und jagt einem zugleich Angst ein. Wenn es Tachi (und Petti?) waren, was um Himmels willen taten sie bei Pferden, die in Frankreich in ein Schlachthaus gebracht wurden? Was für ein entsetzlicher Gedanke! War das ihr Ende? Das Schlachthaus?!

Ich mag es einfach nicht glauben. Ich weigere mich.

Daher warten wir jetzt einmal ab, was Monsieur Fanon und Großvater erkunden. Ich weiß nicht, was mir lieber ist: daß sie etwas herausfinden oder daß sie nichts herausfinden.

Mrs. Evans schickt Dir ihre allerherzlichsten Grüße. „Ich habe noch nie einen Mongolen gesehen", sagte sie neulich. „Wie sehen sie aus?" Da zeigte ich ihr Dein Bild, und sie sagte: „Na so was! Nicht möglich!"

Ich lege endlich ein paar Fotos bei. Eines ist von uns allen zusammen. Das von Mrs. Evans wurde extra im Fotoautomaten des Woolworth-Kaufhauses in Newport aufgenommen. In Wirklichkeit sieht sie viel netter und mütterlicher aus als auf dem Bild, aber das von Großvater und mir und Petti ist nicht schlecht, besonders das von Petti, die aussieht wie ein hübsches kleines Spielzeug, findest Du nicht auch?

Mit Hoffnung im Herzen und so weiter

herzlichst Deine
Kitty

PS Wir alle hier lassen Deine Tante Seroghli ganz besonders herzlich grüßen, die soviel Geduld mit uns hat und ein so wunderbares Englisch schreibt. Ein viel besseres als ich übrigens. Ist sie je in England gewesen? Wir hoffen, Euch alle eines Tages hier bei uns zu sehen. Vielleicht wenn wir Tachi und Petti wiederfinden. Kitty

Liebe Kitty!

Ich habe schon sehr lange nichts mehr von Dir gehört und bin noch immer sehr gespannt zu erfahren, ob das „merkwürdige"

Pferd, das in Frankreich in den Schlachthof gebracht wurde, Tachi war oder nicht. Ich habe in unserer Schulbibliothek sehr genau den Atlas studiert, und ich kann mir gar nicht vorstellen, wie Tachi nach Frankreich gekommen sein soll. Ein so wildes Pferd wie er würde doch niemals freiwillig auf ein Schiff gehen. Wie kann er es also wirklich gewesen sein?

Wir zerbrechen uns alle den Kopf darüber, seit Dein Brief kam. Jeder von uns hat eine andere Theorie, mein Vater, mein Großvater, meine Brüder, meine Schwester, Tante Seroghli, sogar meine Mutter. Sie sagt, es wäre ganz albern von uns, lange Überlegungen anzustellen, denn „natürlich ist es Tachi". Sie sagt, sie kennt das Rätsel um Tachi ganz genau, aber sie will es uns nicht sagen. Meine Mutter liebt ihre kleinen Geheimnisse, und sie liebt es auch, uns damit ein wenig zu necken. Aber sie sagt, sie wird uns Tachis Geheimnis erst verraten, wenn die Zeit dazu gekommen ist. Bis dahin wird nichts sie dazu bewegen, es preiszugeben.

Ich hoffe, sie hat recht. Also bitte, schreib, wenn Du ein bißchen Zeit erübrigen kannst.

Mit besten Grüßen an Mrs. Evans, Deinen Großvater, Peter im Krähennest und Skip

bleibe ich
Dein Baryut

PS Deine Fotografien sind alle in einem eigenen Rahmen, den wir in einer unserer alten Kisten gefunden haben. Wir hatten ihn jahrelang völlig vergessen. Er ist aus geflochtenem Roßhaar und hat einmal zu irgendeinem religiösen Gegenstand gehört, den wir natürlich schon lange nicht mehr brauchen. Findest Du nicht, daß ein Rahmen aus Roßhaar sehr interessant ist? Baryut

Lieber Baryut!

Ich muß mich entschuldigen, daß ich Dich nicht früher aus Deiner Ungewißheit erlöst habe, aber inzwischen sind alle möglichen außergewöhnlichen Dinge passiert. Manchmal kann ich das alles überhaupt nicht glauben. Jedesmal wenn ich vorhatte, mich hinzusetzen und Dir die letzten Neuigkeiten zu schreiben, war schon wieder etwas anderes los.

Als Monsieur Fanon in seinem Brief meinen Großvater fragte, ob es möglich wäre, daß Tachi nach Frankreich hinübergekommen wäre (mit Petti?), entschloß sich Großvater, selbst ein wenig Detektiv zu spielen, nach der Methode des berühmten Sherlock Holmes, unseres großen Detektivs, der vor ungefähr hundert Jahren gestorben ist.

„Sherlock Holmes forderte, zuerst das Naheliegendste zu untersuchen", sagte Großvater. „Nehmen wir also an, daß Tachi tatsächlich mit einer Herde von Pferden nach Frankreich gelangt ist, die zum Schlachten dorthin transportiert wurde. Also werde ich zuerst einmal versuchen herauszufinden, ob es von England aus solche Schiffstransporte von Pferden gibt, von wo sie abgehen und wohin sie gebracht werden."

Kurz und gut, Großvater klapperte die ganze Südküste ab und fragte überall herum. Er schrieb Dutzende von Briefen und führte endlose Telefongespräche, bis er schließlich entdeckte, daß abgerackerte alte Pferde tatsächlich aus England und Irland nach Frankreich und Belgien zum Schlachten verschifft werden. Eines Tages kam ich aus der Schule nach Hause — seit ich von der Mongolei so fasziniert bin, bin ich jetzt in Geographie ganz prima und weiß inzwischen auch viel mehr über Dein Land —, ich kam also nach Hause und fand ihn auf dem Boden seines Arbeitszimmers mit allen möglichen Landkarten beschäftigt.

„Hmm", sagte er, „ich glaube, ich kann jetzt ungefähr verfolgen, was möglicherweise geschehen ist. Es gibt in Newbury einen Pferdehändler namens Speck, der mit zwei großen Lastwagen im Land herumfährt und alte Klepper und auch weniger alte Klepper zusammenkauft: alte Milchwagenpferde und alte Farmpferde, aber auch völlig gesunde Pferde und Heideponys — alle zu Schlachtzwecken. Manche Heidefarmer erzählen, daß doch tatsächlich Dutzende der verwilderten Heideponys bei Nacht gestohlen und in Lastwagen weggebracht werden. Auf diese Weise bekommt Mr. Speck jeden Monat eine Herde von etwa fünfundzwanzig Pferden zusammen."

„Jeden Monat!" sagte ich. Ich war entsetzt. „Zum Schlachten?"

„Ja. Natürlich erzählt er niemandem, wofür er die Pferde haben will, wenn er sie kauft. Und er lehnte es auch ab, mit mir zu reden. Aber ich sprach mit einem der hiesigen Pferdeschlächter, der Pferdefleisch für Hundefutter liefert, und der schwört, daß dieser Speck aus Newbury mindestens fünfhundert Pferde im Jahr nach Frankreich und Belgien liefert, und er sagt, die Pferde werden in zwei Sorten unterteilt: in die alten Schindmähren, die für Tierfutter geschlachtet werden — für Katzen, Hunde und für zoologische Gärten —, und die jungen und gesunden, die für den menschlichen Verbrauch geschlachtet werden. In Frankreich und Belgien ißt man Pferdefleisch, und es wird in Fleischerläden verkauft, die ‚Chevaline' heißen. Die bekommen dann das Fleisch von jungen Pferden und Ponys."

„Glaubst du, daß das mit Tachi und Petti passiert ist?" fragte ich.

„Es ist möglich, Kitty. Es ist nicht ganz ausgeschlossen. Mach dich lieber darauf gefaßt."

Er mußte das ja sagen, und obwohl ich mich ihm zuliebe zusammennahm, konnte ich nicht verhindern, daß eine Träne in die Zuckerdose fiel. (Wir aßen gerade Abendbrot.)

„Aber wie würde es denn jemand fertigbringen, Tachi auf einen Lastwagen oder gar auf ein Schiff zu schaffen?" fragte ich Großvater. „Man kann ihn doch unmöglich fangen oder festhalten. Er würde toll werden!"

„Erinnere dich, Mrs. Jackson erzählte doch, daß eines der beiden Pferde damals in ihrem Hühnerhof sehr lahmte", erwiderte Großvater.

„Ja."

„Vielleicht hat sich Tachi, als er die Mauer niedertrampelte, so arg verletzt, daß er tatsächlich fast unbeweglich war. Vielleicht ist er bis zum Exmoor oder Dartmoor gekommen und wurde dort mit anderen Ponys eingefangen. Da er so lahmte, hat man ihn leicht einfangen können."

„Trotzdem würde er kämpfen."

„Ich bin nicht so sicher. Vielleicht war er schlau genug, es nicht zu tun. Wie dem auch sei, ich werde alles, was ich in Erfahrung gebracht habe, an Monsieur Fanon weiterleiten, und wir werden eben seine Antwort auf meine Fragen abwarten müssen."

Wir mußten nicht lange warten, denn Monsieur Fanon hatte seinerseits Nachforschungen angestellt und schrieb uns, was er herausgefunden hatte. Hier hast Du also Großvaters Übersetzung von Monsieur Fanons Brief:

„Vorige Woche verließ ich Bordeaux, um der Angelegenheit des ‚merkwürdig und struppig aussehenden Pferdes' aus der Herde nachzugehen, die in Quillebeuf auf das Schlachten wartete. Ich nahm den Fleischlieferanten des Tiergartens, der mir als erster von dem merkwürdigen Pferd erzählt hatte, mit nach Quillebeuf. Für gewöhnlich holt er jeden Freitag das Pferdefleisch für unsere Tiger und Löwen im Schlachthof von Quillebeuf ab. Ich befragte seine Freunde vom Schlachthof sehr eindringlich, und sie sagten, es wären eigentlich zwei Ponys gewesen, ‚der sehr häßliche kleine Hengst' und ein ‚struppiger kleiner Zigeuner (Shetland)'. Im Hinblick auf Ihren Brief, Herr Professor, ist sehr bezeichnend, daß der ‚häßliche kleine Hengst' stark lahmte und der ‚Zigeuner' eine junge Stute war, die sich offenbar immer ganz in seiner Nähe hielt. Es scheint mir daher sehr wahrscheinlich, daß dies Ihr mongolisches Wildpferd mit seiner Gefährtin, der Shetlandstute, war."

Das war bloß der erste von Monsieur Fanons Briefen, aber Großvater war inzwischen überzeugt davon, daß er recht hatte. Tachi hatte sich schwer verletzt, als er aus unserem Reservat entfloh, er hatte sich eine Zeitlang unter den Exmoorponys verborgen gehalten. Dann war er mit einigen von ihnen in eine Falle gelockt und gestohlen worden. Danach muß er bei Rye auf das Pferdeschiff verladen und in Le Havre wieder ausgeladen worden sein. Er lahmte noch immer, und noch immer begleitete ihn Petti, die sich so dicht an seiner Seite hielt, daß man sie miteinander gefangen hatte.

So weit, so gut. Aber was geschah im Schlachthof von Quillebeuf? Hier ist Monsieur Fanons zweiter Brief dazu:

„Als ich im Schlachthof weitere Erkundungen einzog, konnte sich niemand daran erinnern, daß der ‚merkwürdig und struppig aussehende' kleine Hengst oder seine Gefährtin je wirklich bis zum Schlachtapparat gekommen waren. Die Männer, die die Tiere tatsächlich schlachten, erinnern sich an alle übrigen aus dieser Gruppe, aber kein einziger von ihnen an ein Tier unserer

Beschreibung. Und doch hatte ich die Spur der beiden Ponys bis zum Pferch verfolgt, aus dem die Schlächter normalerweise ein Pferd nach dem anderen holen. Die Frage ist, würden sie sich überhaupt an ein bestimmtes Pferd erinnern können? Ich glaube ja, denn sie erklären, die Besonderheit und den Gesichtsausdruck jedes einzelnen Pferdes zu kennen, das sie töten müssen – sehr zu ihrem Kummer.

Ich kam zu dem Schluß, daß weder das Mongolenpferd noch das Shetlandpony dem Schlachthaus je näher gekommen waren als bis in den Pferch. Wo also waren sie dann? Was war mit ihnen geschehen? Waren sie entkommen? Oder hatte sie jemand weggebracht? Es gab noch so viele offene Fragen.

Ich befragte viele Leute im Schlachthof, Professor Jamieson, und fand schließlich heraus, daß doch tatsächlich drei – und nicht zwei – Ponys eines Nachts entkommen waren. Sie hatten etwas getan, was noch nie zuvor einem Pferd eingefallen war. Irgendwie hatte eines von ihnen ein Loch unter die tief herabreichende Einzäunung des Pferchs gegraben, und alle drei, das dritte war eine scheckige Ponystute, waren unter den Latten durchgekrochen, wie Hunde unter einem Zaun durchkriechen."

Als Großvater mir diese Stelle vorlas, riefen wir beide gleichzeitig aufgeregt: „Das war Tachi! Das ist echt Tachi!"

Aber weiter mit Monsieur Fanons Brief: „Die Schlachthöfe befinden sich in einem recht entlegenen Teil von Quillebeuf. Ich stellte mich also an die Stelle, wo die drei Ponys unter dem Zaun durchgekrochen waren, und versuchte abzuschätzen, welche Richtung sie eingeschlagen haben konnten. Da ich weiß, wie klug der Mongole ist, wenn es darum geht, sich zu verstecken, wählte ich einen Weg, der durch allerlei Gestrüpp und niederes Gehölz führt, an einem Flußbett entlang und über einige Zucker=

rübenfelder. Ich folgte diesem vermutlichen Weg und fragte so viele Bauern und Dorfbewohner, wie ich nur finden konnte, ob sie irgendeine Spur der entkommenen Ponys gesehen hatten. Schließlich traf ich einen Landbriefträger, der eines Morgens in aller Frühe auf der Jagd gewesen war und die drei Ponys am Rande eines Wäldchens gesehen hatte, etwa zwanzig Kilometer von Quillebeuf entfernt. Als die Ponys ihn erblickten, ergriffen sie die Flucht, aber eines — ‚ein häßlicher kleiner Zwerg', wie er es nannte — konnte nur auf drei Beinen laufen, weil es eines seiner Hinterbeine nachschleifte. Trotzdem, sagte der Briefträger, kamen sie erstaunlich schnell voran, und ehe er die Stelle erreicht hatte, waren sie im Wald verschwunden."

Großvater schlug sich auf die Schenkel und sagte: „Da haben wir's also!" Am liebsten hätte er sofort seine Koffer gepackt und wäre nach Frankreich gefahren. Wir waren nun beide so froh und glücklich, daß wir fest davon überzeugt waren, es wäre nur noch eine Frage der Zeit, bis wir unsere beiden Pferde zurückbekämen. Aber ich lasse lieber Monsieur Fanon weiterberichten:

„Als ich den Briefträger fragte, ob er gemeldet hätte, daß er die Ponys gesehen hatte, sagte er, er habe sich gedacht, daß sie vom Schlachthof ausgerissen wären, und obwohl er aus Sport Vögel und Kaninchen schoß, würde er doch niemals jemandem behilflich sein, ein Pferd in den Schlachthof zurückzubringen. Daher hätte er niemandem etwas davon erzählt. Auch ich hätte von ihm nichts erfahren, wenn er nicht gehört hätte, daß eines der Pferde wertvoll wäre und es für sein Einfangen vielleicht eine Belohnung gäbe."

„Natürlich", rief Großvater da. „Daran habe ich noch gar nicht gedacht. Natürlich muß man eine Belohnung für das Wiederauffinden aussetzen. Mindestens hundert Pfund . . ."

Um alles andere kurz zusammenzufassen, Baryut: Monsieur Fanon verfolgte die Spur der drei Ponys noch weitere fünfzig Kilometer ost= und südwärts. Offenbar zogen sie immer bei Nacht weiter. Dann verlor er ihre Spur ganz und gar. Jenseits des Flusses Lot war absolut nichts von ihnen zu finden. Niemand hatte sie von da an gesehen, und es waren keinerlei Fährten oder Dung gefunden worden.

„Das einzige, was ich nach der nunmehr vergeblichen Suche noch tun konnte", schrieb Monsieur Fanon, „war, die Gendar=merie in einem möglichst ausgedehnten Gebiet zu verständigen und dann zu meiner Arbeit nach Bordeaux zurückzukehren. Ich habe an Professoren und Forstaufseher in den Gebieten von Aix en Provence, Lyon, Avignon, Arles, Nimes und Vaison la Ro=maine geschrieben und sie gebeten, nach unseren drei Wanderern Ausschau zu halten. Ich bin überzeugt davon, Herr Professor, daß das von Nutzen sein wird. Auf jeden Fall aber werde ich mich sehr freuen, Sie hier begrüßen zu können und Ihnen auf jede mögliche Weise behilflich sein. Ich werde Sie auch gern zu dem Fluß begleiten, wo die Tiere zuletzt gesehen wurden."

Das ist bis jetzt alles, Baryut. Sie sind beide am Leben, wenn Tachi auch verletzt ist. Aber Großvater sagt, sein Bein muß von Tag zu Tag besser werden, wenn er solche Entfernungen so schnell zurücklegt. Und jetzt haben sie also noch dieses dritte Pony, die Scheckenstute.

„Tachi sucht sich offenbar unterwegs eine Herde zusammen", sagte Großvater und lachte darüber. Ich habe ihn schon seit langem nicht so fröhlich gesehen. Seit Tachi und Petti ver=schwunden sind, hat er nicht viel gelacht, aber jetzt zieht er mich wieder an den Haaren, klatscht sich auf die Schenkel und sagt: „Fabelhaftes Pferd! Erstaunliches Tier!"

Morgen reist er nach Frankreich, um die Suche dort aufzunehmen. Ich habe *so* gebettelt, daß er mich mitnimmt, aber er erlaubt nicht, daß ich die Schule versäume, nicht einmal eine Woche, obwohl ich in letzter Zeit wirklich gut war, besonders in Englisch, Geographie, Geschichte und Französisch. Aber ich wünschte, es wäre Mongolisch statt Französisch. Ich versuche, die Grammatik zu erlernen, die mir Deine Tante Seroghli geschickt hat, aber ich kann nicht lernen, wenn ich die Sachen nicht jemandem laut aufsagen kann. Ich brauche Dich und Deine Tante Seroghli hier, damit Ihr mir zuhören und helfen und über meine Fehler lachen könnt. Ich habe es mit Mrs. Evans probiert, aber sie hat so viel über die mongolischen Wörter gelacht, die ich auszusprechen versuchte, daß auch ich lachen mußte, und jedesmal endete es damit, daß wir beide uns vor Lachen nicht mehr halten konnten. Mrs. E. findet Euch alle schrecklich gescheit, weil Ihr Mongolisch sprechen könnt, und sie schüttelt immer wieder den Kopf und sagt: „Na so was! Nicht möglich!"

So, das ist alles für heute. Ich bin schon ganz erschöpft.

Ich sitze im Bett und schreibe, meine Hand ist schon ganz steif und die Schrift fürchterlich . . . Skip jagt immerzu Katzen im Traum und gibt komische, quietschende kleine Beller von sich. Also leb wohl für heute!

Deine sehr schläfrige, aber glückliche Freundin

Kitty Jean Jamieson
(mein voller Name)

PS Wenn Du mir eine Platte von einem Eurer mongolischen Popsänger schickst, schicke ich Dir dafür eine von den unseren, von Tom Jones oder den Rolling Stones oder wen Du eben magst. Kitty

10

Meine liebe Kitty!

Danke Dir vielmals dafür, daß Du mich endlich „von meiner Ungewißheit erlöst hast" wegen Tachi und Petti. Das ist eine sehr komische Redewendung, wenn man sie ins Mongolische übersetzt, ich konnte gar nicht aufhören, darüber zu lachen. Auf mongolisch sagen wir: „Ich danke Dir, daß Du mich zum Wasser zurückgeführt hast." Aber ich war ganz sicher, daß Tachi und Petti niemals im Schlachthaus enden würden.

Ich hoffe nur, daß Tachis Verletzung wirklich heilt. Bei Pferden sind Beinverletzungen meist lebensgefährlich. Manchmal gelingt es einem Wildpferd, mit einem gebrochenen oder verletzten Bein noch eine Weile herumzuhumpeln, aber mit der Zeit wird es so schwach, daß es zusammenbricht und nicht wieder aufstehen kann. Dann stirbt es. Ich hoffe also, daß Tachi nicht in solch einer Lage ist. Wenn er nur seine Hufe verletzt hat, dann wird er sich wahrscheinlich erholen.

Ich möchte Dir noch sagen, Kitty, daß Du in unserem Distrikt jetzt schon ganz berühmt bist. Alle wissen inzwischen von Deinen Briefen, und alle aus unserem Kollektiv kommen, setzen sich in unserem Zelt im Kreis herum (es ist Sommer) und hören zu, wie Tante Seroghli sie auf mongolisch vorliest. Das dauert Stunden, denn alle reden und debattieren über alles, was Du sagst oder schreibst. Die alten Leute brummen nur oder sagen „Tzz, tzz, tzz!", aber die anderen haben alle möglichen Theorien. Meine Mutter liebt Deine Briefe, und sie nickt nur immer, als wüßte sie bereits alles, was kommen wird.

Sie weigert sich noch immer, uns Tachis berühmtes „Geheimnis" zu verraten, obwohl ich Tante Seroghli schon bestürmt habe, es aus ihr herauszulocken. Eines Abends hörte ich meinen Vater und meine Mutter lachen, und ich weiß, sie lachten darüber, wie sie uns an der Nase herumführt. Sie neckt uns schrecklich gern. Aber früher oder später bekomme ich es schon noch aus ihr heraus.

Unter den Leuten, die aufmerksam zuhörten, als Deine Briefe vorgelesen wurden, waren auch die Zoologen, die aus Ulan Bator zu Besuch hier sind. Sie hatten von Deinem Großvater gehört, daß Tachi vermißt wird, wußten aber keine Einzelheiten. Sie machten sich sogar Notizen über das, was Du in Deinen Briefen geschrieben hast.

„Kitty sollte auch daran denken, Zoologie zu studieren wie du", sagte Tante Seroghli zu mir.

Die Zoologen kommen weiterhin, um die Wildherde zu beobachten, und wir haben inzwischen ein Dutzend Wege in die Berge zu den fünf Beobachtungsposten gefunden, welche die Wissenschaftler benützen können, ohne die Herde zu stören. Ich habe meine ganzen letzten Ferien damit verbracht, unserem Freund Gritti diese neuen Wege durchs Gebirge zu zeigen. Er ist jetzt ein richtiger Pferdehirt geworden.

Inzwischen lebt die Herde sicher in unseren Bergen, ohne etwas von dem großen Interesse zu ahnen, das sie hervorgerufen hat. Die endgültige Zählung ergab sechsundzwanzig, aber ich glaube, irgendwo sind noch fünf Tiere. Als ich die Herde das erste Mal sah, zählte ich fünfunddreißig, mit den vieren, die inzwischen weggebracht wurden. Da sollten noch einunddreißig übrig sein, nicht sechsundzwanzig. Deshalb suche ich heimlich die fehlenden fünf, und ich bin sicher, daß ich sie eines Tages finden werde.

Was Tachi betrifft, so warten wir gespannt auf Nachricht, daß Ihr ihn wieder eingefangen habt. Was für ein Pferd ist das dritte Pferd? Tachi scheint zu glauben, er könne eine eigene Wildherde zusammenbekommen, sogar in den Bergen Europas. Aber Gritti sagt, das ist gar nicht so komisch, wie es klingt, denn Wildpferde haben viele Tausende von Jahren das Festland von Europa und Asien durchstreift. Sie zogen von Europa nach Asien, von Frankreich bis nach China, als gehörte das ganze Gebiet ihnen.

In der Herde vermissen wir ihn nach wie vor. Es fehlt ihr noch immer ein guter Führer und ein zukünftiger Leithengst, der ein kluges und entschlossenes Pferd ist. Einige der anderen jungen Hengste fangen an, den alten herauszufordern, aber sie sind nicht annähernd so schlau oder intelligent oder so gescheit oder so tapfer wie Tachi.

Deshalb, bitte, schreib sofort, wenn Ihr ihn habt.

Dein Freund
Baryut

PS Meine Tante Seroghli sagt, daß ihr Englisch vom Lesen Deiner Briefe und dem Übersetzen von allem, was ich ihr erzähle, sehr viel besser geworden ist. „Warum schreibst du Kitty nicht selbst und erzählst ihr das?", habe ich gesagt. „Oder schreib etwas dazu." Aber Tante Seroghli sagt, es würde unsere Briefe verderben, wenn sie sich hineindrängt, daher bittet sie mich nur, Dir für all Deine Hilfe zu danken. B.

Lieber Baryut!

Wieder eine Lücke in unserem Briefwechsel, ich weiß. Aber mir tut im Augenblick alles weh, weil ich den einen Hang des Tales, in dem ich immer mit Petti war, hinuntergefallen bin. Ich war ganz in Gedanken versunken und suchte Lerchennester — natürlich nur, um sie anzusehen, nicht um sie anzufassen —, da rutschte ich aus und kollerte ein großes Stück den Abhang hinunter. Was heißt, daß ich total zerschunden bin. Ich dachte, ich würde überhaupt nicht mehr aufhören zu kollern.

Aber eins nach dem anderen, wie Großvater sagt. Du wirst Dich erinnern, daß Großvater nach Frankreich fuhr, überzeugt davon, daß er Tachi mit zurückbringen würde. Aber er verbrachte zwei ganze Wochen damit, nach Fährten oder Spuren zu suchen, und erst in den letzten zwei Tagen fand er heraus, welche Richtung die drei Pferde eingeschlagen hatten. Trotzdem konnte er nicht herausbekommen, wohin sie gewandert waren, und mußte sehr enttäuscht nach Hause zurückkehren.

„Ich hätte es nicht für möglich gehalten", sagte er, „daß drei Pferde, von denen eins ein wildes ist, so vollständig von der Landschaft Frankreichs verschluckt werden können. Das ist sicherlich Tachis Verdienst. Offenbar verstecken sie sich nach wie vor tagsüber und ziehen bei Nacht weiter. Aber wie das vor sich geht, weiß ich noch immer nicht."

Großvater geht ständig ungeduldig auf und ab, stellt sich verärgert Fragen und trommelt nervös mit den Fingern, rauft sich die Haare und schimpft mit sich selbst.

„Was wir brauchen würden", sagte er gestern, „ist ein Pferdedetektiv. Aber da wir uns überhaupt keinen Detektiv leisten können, mußte ich die Sache den fähigen Händen von Monsieur Fanon überlassen."

Großvater sagt, Monsieur Fanon sieht aus wie ein kleiner Terrier. „Er ist nur ungefähr einen Meter fünfundfünfzig groß und so schnell und lebhaft, daß ich kaum mit ihm Schritt halten konnte. Wenn er anfängt, die Leute auszufragen, glaubt man, das Leben aller Beteiligten stünde auf dem Spiel. Er gibt nie auf, selbst dann nicht, wenn die Leute glauben, sie wüßten überhaupt nichts. Dann schüttelt er ihr Gehirn durch, so wie ein Terrier eine Ratte schüttelt, und bekommt doch noch etwas aus ihnen heraus. Und natürlich brennt er darauf, Tachi einzuholen.

So kommt jetzt alles, was wir wissen, von unserem neuen Freund Monsieur Fanon, der glaubt, daß Tachi irgendeinen Zweck, irgendein Ziel verfolgt mit dem, was er tut. Ich weiß nicht, was er damit meint. Vielleicht verstehst Du, was er sagen will, Baryut, wenn Du seinen ganzen Bericht liest. Hier ist er:

„Das Wildpferd scheint nicht in einer geraden Linie zu wandern. Es wählt einen Zickzackkurs wie ein Segelboot, das auf und ab kreuzt, um seine Richtung einzuhalten. Der Hengst verfolgt eine bestimmte Richtung, und ich habe zum Beispiel entdeckt, daß er unbeirrt in südöstlicher Richtung weiterzog und schließlich in die Camargue gelangte, eines der größten Naturschutzgebiete im Süden Frankreichs, wie Sie wissen, und außerdem die einzige Gegend Europas, in der heimische Pferde sich in völliger Freiheit bewegen, ebenso wie die berühmten Camargueponys. Es ist sandig und sumpfig dort — oder jedenfalls an vielen Stellen. Aber weite Teile haben auch salzhaltigen Boden, wie ihn die mongolischen Wildpferde lieben.

Mitten in der Camargue hat der Sohn eines Pferdehirten die drei Pferde nun tatsächlich gesehen. Hätte er gewußt, was für Pferde das waren, sie wären inzwischen schon eingefangen. Aber aus der Entfernung glichen sie den Camargueponys so sehr, daß er sich zunächst gar nichts weiter dachte, als er sie sah. Dieser Junge war einer der dort ansässigen Pferdehirten, die einen entlegenen Winkel der Camargue betreuen, wo das ausgetrocknete Moor an die weite Wasserfläche einer der Lagunen stößt. Etliche Wochen, vielleicht sogar einen Monat lang, sah der Junge immer wieder ‚diese merkwürdigen Camargueponys' unter den verschiedenen Gruppen seiner eigenen Herde. Aber er kam nie nahe genug an sie heran oder sah sie nie lange genug, um feststellen zu können, wem sie gehörten.

Eines Tages bekam der Junge nun den Auftrag, vier junge Hengste einzuholen, und als er in das Moor ritt, um von hinten an die Herde heranzukommen, sah er einen ganz außergewöhnlichen Kampf zwischen ‚einem wilden kleinen Affen von einem Pony', wie er es nannte, und einem der stattlichen Camarguepferde, das beträchtlich größer war. Mit anderen Worten, es war Ihr wildes mongolisches Pony, das gegen ein Camarguepferd kämpfte.

Der Junge erzählte mir, daß er nie zuvor so etwas gesehen hatte wie diesen Kampf. Camarguepferde sind berühmt für ihre Wildheit. Aber der ‚kleine Affe' drosch ganz einfach auf den Camarguehengst ein und ließ ihn auch nicht entkommen oder den Kampf abbrechen, wie das die Camarguehengste untereinander tun, wenn einer von ihnen eindeutig überlegen ist. Der mongolische Wildhengst kämpfte offensichtlich, um seinen kleinen Harem (Petti und die Schecke) zu verteidigen, aber er kämpfte ebenso auch auf Leben und Tod, und sehr bald war das Camarguepferd völlig hilflos. Der Mongolenhengst hatte es zu Fall gebracht, und als der Junge ihn einholte, war er drauf und dran, ihm mit den Vorderhufen den Rest zu geben.

Da wandte sich das Wildpferd gegen den Hirten und sein

Reittier und griff sie an. Er biß das Pferd und hätte den Angriff wiederholt, wenn der Junge nicht seine große Peitsche verwendet hätte, was den Mongolenhengst anscheinend so überraschte, daß er davongaloppierte. Und das war das letzte Mal, daß der Junge sie sah.

Unglücklicherweise verschwendete ich eine ganze Woche in der Carmargue, in der Hoffnung, sie zu finden. Nacht für Nacht war ich mit den Zigeunern, den Pferdehirten und Dorfbewohnern zusammen. Aber der Mongole und seine kleine Herde waren weitergezogen.

Der nächste Bericht, den ich erhielt, kam von der Gendarmerie aus Grasse, etwa zweihundert Kilometer weiter östlich. Ein Monteur, der die durch das Gebirge laufende Hochspannungsleitung kontrollierte, hatte drei Ponys stundenlang auf einer Lichtung in einem der Pinienwälder spielen sehen. Als ich dann zwei Tage später in Grasse eintraf, erfuhr ich, daß sich diese Episode schon drei Wochen zuvor abgespielt hatte. Also kam ich wieder um Wochen zu spät.

Schließlich erhielt ich noch einen Bericht von einem Militärposten an der italienischen Grenze bei Sospel.

Einer der Offiziere dieses Postens berichtete, daß er und zwei seiner Soldaten gesehen hatten, wie drei kleine Pferde einen schwer passierbaren Hang entlang der Grenze überquerten. Der Offizier schrieb, daß die Soldaten ein halbes Dutzend Schüsse auf sie abgefeuert hätten, um festzustellen, ob sie die Reichweite ihrer automatischen Gewehre abschätzen könnten. Aber als die Pferde den Lärm hörten, wurde eines von ihnen ganz wild, galoppierte den Hang hinauf und hinunter und trieb die beiden anderen mit Stößen und aufgeregten Nasenstübern an. Der Offizier glaubt, daß eines von ihnen sogar in die entgegengesetzte

Richtung laufen wollte, aber das wütende Pferd bäumte sich auf und vollführte einen wilden Tanz um den säumigen Gefährten. Schließlich verschwanden sie alle hinter einer Gruppe von Korkeichen auf der italienischen Seite.

Natürlich werde ich meine Nachforschungen so weit wie möglich fortsetzen, Herr Professor, aber ich kann kaum persönlich Erkundungen in Italien einziehen; die Grenze setzt mir da behördliche Schranken. Ich werde mit möglichst vielen italienischen Kollegen Verbindung aufnehmen und hoffe, Sie werden das gleiche tun. Der einzige Umstand, der uns weiterhelfen könnte, ist der, daß das Wildpferd anscheinend zielstrebig eine bestimmte Richtung verfolgt. Lassen Sie es mich bitte wissen, wenn Sie irgend etwas aus Italien erfahren."

Und das, Baryut, ist alles, was wir bisher von Monsieur Fanon gehört haben. Großvater studiert internationale Nachschlagewerke, um festzustellen, welche Professoren oder Zoologen in Italien uns vielleicht weiterhelfen könnten.

Meine Finger fühlen sich jetzt an, als hätte ich mit einem dicken Nagel auf Holz geschrieben. Ich kann zwar schon auf einer Schreibmaschine schreiben, aber noch nicht schnell genug. Ich rase mir immer selbst davon, verstehst Du? Maschineschreiben wäre also zu langsam.

Gestern sagte Mrs. Evans zu mir: „Wäre dein Verstand in deinem Kopf gewesen anstatt zehn Kilometer voraus, dann wärst du nicht diesen Hang hinuntergekollert und hättest dir nicht weh getan." Wahrscheinlich hat sie recht. Ich bin wirklich ein hoffnungsloser Fall. Ich sollte schon seit Stunden schlafen. Also gute Nacht!

In Eile
Deine Kitty

PS Ich finde das geheimnisvolle Wissen Deiner Mutter von Tachi faszinierend. Es ist schön, von seiner Mutter geneckt zu werden. Ich werde meine Kinder sicher schrecklich zum Narren halten, wenn ich je welche haben sollte. Aber das kann ich mir vorläufig noch nicht richtig vorstellen. K.

Liebe Kitty!

Es wird Dich freuen zu hören, daß wir meine Mutter endlich dazu überredet haben, uns ihr rätselhaftes Geheimnis, Tachi betreffend, zu verraten. Als Tante Seroghli uns Deinen letzten Brief vorlas, saß meine Mutter dabei, nickte wie üblich mit dem Kopf und sagte „Aha!" oder „Hmm, hmm!", als wüßte sie schon im voraus ganz genau, was darin steht. Das machte meinen Großvater so wütend, daß er Tante Seroghli unterbrach.

„Kera" (so heißt meine Mutter), sagte er, „du solltest vor uns kein Geheimnis haben. Da du anscheinend schon im voraus alles weißt, was diesem Pferd zustoßen wird, mußt du uns auch erzählen, wieso du das weißt. Sonst müssen wir schlecht von dir denken." Mein Großvater ist sehr alt, eigentlich ist er ja überhaupt mein Urgroßvater, und er denkt noch auf die alte Art und Weise. Daher ist er sehr abergläubisch, und Rätsel, Prophezeiungen und geheimes Wissen beunruhigen ihn immer. Ich glaube, er fürchtet sich davor.

Daher entschuldigte sich meine Mutter, die nicht unhöflich sein und meinen Großvater auch nicht aufregen wollte, und sagte ihm die Wahrheit.

„Das ist ganz einfach, Bab (Großvater)", sagte sie ernsthaft, obwohl ihre Augen dabei verschmitzt funkelten. „Unser Wildpferd ist auf dem Weg nach Hause."

„Unmöglich!" riefen wir alle.

„Es ist auf dem Weg nach Hause", wiederholte meine Mutter. „Es ist zur Rückkehr in seine heimatlichen Berge aufgebrochen. Das ist alles, was ich weiß, Bab. Und deshalb weiß ich, daß es nie haltmachen, sich ausruhen oder von irgend etwas aufhalten lassen wird. Du brauchst also nicht beunruhigt zu sein. Das ist alles, was ich weiß."

Natürlich waren daraufhin alle schrecklich aufgeregt. Was für eine Debatte das auslöste! Diesmal wurde eine Landkarte von der ganzen Welt auf der Matte ausgebreitet, und alle drängten sich rundherum. Als wir meiner Mutter zeigten, daß Tachi, wenn er wirklich auf dem Heimweg sein sollte, ganz Europa und mehr als die Hälfte von Asien durchqueren, also Tausende von Kilometern um die halbe Erdkugel zurücklegen müßte, war meine Mutter davon keineswegs beeindruckt. Sie sagte nur wiederum sehr bestimmt: „Unser Wildpferd ist auf dem Weg nach Hause!"

Kannst Du das glauben, Kitty?

Ich muß sagen, wenn man sich einmal diese Idee in den Kopf gesetzt hat, ist es sehr schwer, sie wieder loszuwerden. Und doch wage ich nicht einmal, daran zu denken. Ich habe auch Gritti noch nicht gefragt, was er davon hält.

Jedenfalls aber wird meine Mutter nicht aufhören, uns zum Narren zu halten. Sicher denkt sie sich schon wieder irgendein neues Geheimnis aus. Ich lerne jetzt schwimmen, in dem neuen Reservoir, das an unserem Fluß gebaut worden ist. Ich wußte nicht, daß es eigentlich ein hydraulischer Vorgang ist, wenn man sich durch das Wasser voranbewegt. Das sagt mein Bruder, der studiert jetzt Technik und will Ingenieur werden. Aber schwimmen kann er auch nicht, obwohl er so genau über die Hydraulik Bescheid weiß.

Laß mich wissen, was Dein Großvater meint. Ich werde über das, was ich denke, kein Sterbenswort sagen, ehe ich nicht von Dir und ihm gehört habe, was Ihr davon haltet.

Herzlichst!
Baryut

PS Spielst Du Schach? Vorige Woche, als wir im Gras lagen und die Herde beobachteten, habe ich mit Gritti Schach gespielt, und Gritti schlug vor, daß wir beide, Du und ich, ein paar Englisch-Mongolische Schachprobleme austauschen sollten. B.

Lieber Baryut!

Als ich Großvater Deinen Brief vorlas und die aufregende Theorie Deiner Mutter über Tachis Reiseroute, schlug sich Großvater auf die Schenkel und rief: „Eine erstaunliche Frau! Natürlich hat sie recht. Natürlich ist das Wildpferd unterwegs in die Heimat. Ich hatte ja selbst auch schon diese Vermutung; aber weil ich immer alles wissenschaftlich betrachten will, wollte ich es mir nicht eingestehen. Aber Baryuts Mutter hat den Nagel auf den Kopf getroffen."

So unwahrscheinlich es auch klingt, Baryut, das scheint des Rätsels Lösung zu sein!

„Du wirst sogar bemerken", sagte Großvater, „daß Tachi sichtlich den bestmöglichen Weg wählt. Er hat wahrscheinlich noch den ungebrochenen Instinkt seiner Pferdeahnen, die einstmals ungehindert die unendlichen Weiten Europas und Asiens durchstreiften."

„Aber wie lange würde er bis zu seinem Gebirge brauchen?" fragte ich. Es fiel mir noch immer schwer, daran zu glauben.

„Wer weiß?“ antwortete er. „Ein Jahr, zwei Jahre. Möglicherweise auch länger.“

Das also ist Großvaters Antwort, Baryut. Er glaubt daran. Und so wie Ihr werden auch wir unsere Weltkarten herausholen und versuchen, den Weg zu finden, den Tachi einschlagen wird. Vorläufig aber weiß ich nicht, ob ich hoffen soll, daß Tachi wirklich ein ganzes Jahr lang allen Menschen aus dem Wege geht und letzten Endes seine Heimat in Euren Bergen erreicht, oder ob ich hoffen soll, daß man ihn möglichst bald einfängt und mit Petti zu uns zurückbringt.

Natürlich denke ich immer an Petti und die Schecke, die bei ihm sind. Beide sind zahme Pferde. Und so wie Tachi die Sache angeht, werden sie wahrscheinlich vor Erschöpfung tot umfallen, lange ehe sie in die Mongolei kommen.

Na ja, jedenfalls hat Großvater an die Tiergärten und die Professoren an den Universitäten in Turin, Mailand, Venedig und Triest geschrieben. Auch an Monsieur Fanon hat er geschrieben und ihn gefragt, ob er derselben Meinung ist wie Deine Mutter. Großvater ist überzeugt davon, daß Monsieur Fanon schon die ganze Zeit dieser Ansicht war.

Was hoffst Du, Baryut? Daß Tachi seine heimatlichen Berge erreicht? Oder daß er gefangen und wieder zu uns zurückgeschickt wird? Und Petti? Ich denke immerzu an sie und mache mir die ganze Zeit ihretwegen Sorgen.

Bis irgend etwas geschieht — der Himmel weiß, was —, bleibe ich

Deine alte Freundin
Kitty

PS Ich kann nicht Schach spielen, aber Großvater sagt, er wird's mir beibringen. Mrs. Evans findet, ich habe schon genug zu tun mit meinen Hausaufgaben und der Schule, aber Großvater sagt: „Unsinn!"

PPS Ich glaube, ich wünsche mir doch, daß Tachi wirklich in seine heimatlichen Berge zurückkommt. Aber ich weiß nicht, was ich mir für Petti wünsche. Wenn sie nur nicht verlorengeht oder verletzt wird oder irgendwo in einem fremden Land allein zurückbleibt. K.

11

Lieber Baryut!

Ich kann Dir gar nicht sagen, wie schwierig es ist, Tachi, Petti und der Schecke auf der Spur zu bleiben. Sie versuchen verzweifelt, weiter nach Osten voranzukommen. Wir haben die verschiedensten merkwürdigen Berichte von allen möglichen Leuten in Europa bekommen, und als wir sie schließlich alle aus dem Französischen, Italienischen und Deutschen übersetzt hatten, war ich in Großvaters Arbeitszimmer stundenlang damit beschäftigt, sie zu ordnen. Als Ergebnis wissen wir jetzt, daß unsere Pferde mindestens drei entsetzliche Abenteuer erlebt haben, eines nach dem anderen.

Schuld daran ist eigentlich Tachi. Er läßt sich offenbar von nichts in der Welt aufhalten. Und wir wissen jetzt, daß er wiederum sehr böse verletzt worden ist und vielleicht sogar sterben wird. Aber weil er sich noch immer durch nichts, durch absolut nichts aufhalten läßt, haben wir keine Ahnung, wie das alles noch enden wird.

Die ersten Schwierigkeiten hatten sie in Italien. Wir erfuhren von Monsieur Fanon, was dort geschah. Er berichtete uns, daß er von seinen Vorgesetzten im Tiergarten von Bordeaux die Genehmigung bekommen hatte, nach Italien weiterzureisen, weil sie wissen wollten, wie ein wildes Tier wie Tachi es anstellte, inmitten von Autoschnellstraßen, Bauernhöfen und großen und kleinen Städten völlig von der Bildfläche zu verschwinden und doch am Leben zu bleiben. Monsieur Fanon fand, es wäre nicht besonders schwer zu verstehen, wie Tachi quer durch Frankreich gekommen ist. Er suchte sich einfach einen Weg durch die dünner besiedelten Teile des Landes und überquerte die Grenze in den schwer zugänglichen Meeralpen. Aber was würden die drei Ponys in Italien tun, das von einem dichten Straßennetz durchzogen ist, wo eine Ortschaft neben der anderen liegt und wo es von Menschen wimmelt, die streunende Pferde nicht einfach überall herumlaufen lassen?

So verfolgte Monsieur Fanon zuerst ihren Weg in Italien, indem er sämtliche Lastwagenfahrer ausfragte, die er auftreiben konnte. Manche von ihnen hatten nachts irgendwelche rätselhaften Tiere in der Nähe der Straßen gesehen. Mit Hilfe der Aussagen der Fahrer spürte er den Pferden nach bis zu einem Zigeunerlager bei Verona, das etwa in der Mitte von Norditalien liegt.

„Niemand weiß genau, wann es geschah", berichtete Monsieur Fanon, „aber ob Sie es glauben oder nicht, die Zigeuner fingen das Wildpferd tatsächlich ein und behielten es bei sich."

Er erzählte, daß die Zigeuner Wasserträger waren, die sich an Dorfbewohner und Bauern verdingten und Wasser in die Obstplantagen, Weingärten und Gemüsefelder, aber auch in die Gärten und Häuser der Dörfer trugen. Sie benützten dazu Esel und Pferde und hausten auf freiem Feld in Lastwagen und zerbeulten alten Wohnwagen. Sie hatten auch alle möglichen anderen Tiere: Ziegen, Hunde und sogar einen Affen.

Jedenfalls, Baryut, die Zigeuner sahen die drei streunenden Pferde, die sich in einem Wald bei Verona versteckt hielten. Sie sagten, offenbar suchten die Pferde eine Möglichkeit, einen großen Kanal zu umgehen, und sie beschlossen, die Tiere einzufangen. Zu diesem Zweck legten sie Stolperdrähte auf einem der Pfade aus, den sie die Pferde hatten benützen sehen. Eines Nachts warteten sie, bis die Pferde auftauchten, ließen plötzlich ihre Taschenlampen aufleuchten und vollführten mit leeren Wasserkesseln ein solches Getöse, daß die Pferde in Panik gerieten.

Petti und die Schecke rannten geradewegs in die Stolperdrähte hinein und stürzten. Aber Tachi schien zu erraten, wo die Drähte waren. Er sprang über sie hinweg und entkam. Die beiden anderen wurden gefangen.

Die Zigeuner steckten Petti und die Schecke in eine Art provisorischen Pferch, den sie mit Seilen umzäunten, und glaubten, dort wären sie sicher. Aber in der nächsten Nacht kam Tachi zurück und versuchte, diesen Zaun niederzutrampeln. Die Zigeuner stürzten hinaus und wollten ihn fangen, aber sobald ihm jemand in die Nähe kam, griff er ihn an. Sie waren völlig verblüfft. So ein Pferd war ihnen noch nie begegnet. Tachi drang tatsächlich in den Pferch ein und holte Petti heraus. Dann kam er zurück, um die kleine Schecke zu holen; die wollte aber anscheinend nicht weg. Da begann Tachi nach ihr auszuschlagen und sie mit dem Kopf zu stoßen, um sie zur Flucht zu zwingen.

Als die Zigeuner sahen, daß sie alle drei Pferde verlieren würden, fingen sie die Schecke mit einem Lasso ein, aber Tachi kam wieder zurück und griff die Männer an, die das Lasso hielten. Unglücklicherweise waren die Zigeuner diesmal auf ihn gefaßt, und einer von ihnen schlug Tachi mit einem Hammer fest auf die Stirn und betäubte ihn.

Ufff! Ich kann es fast nicht hinschreiben, Baryut. Es muß schrecklich gewesen sein.

Aber Monsieur Fanon sagt, die Pferdezigeuner wissen, wie

man das macht, ohne dem Pferd ernstlich weh zu tun. Jedenfalls wurde Tachi niedergeschlagen, die Schecke und Petti entkamen und ließen Tachi bewußtlos auf dem Boden zurück.

Als Tachi schließlich wieder zu sich kam, lag er, an den Beinen gefesselt, in einem mit Stacheldraht umgebenen Gehege. Als er das Bewußtsein wiedererlangte, gossen die Zigeuner erst einmal einen Eimer kaltes Wasser über ihn. Das wiederholten sie jedesmal, wenn er versuchte, aufzustehen und sie anzugreifen.

Die Schecke war davongelaufen, als wäre sie froh, Tachi endlich los zu sein. Aber Petti ließ Tachi nicht im Stich. Jede Nacht kam sie zurück zu dem Stacheldrahtzaun, wieherte und stampfte mit den Hufen. Natürlich versuchten die Zigeuner, sie wieder einzufangen, aber inzwischen war Petti schon gewitzigt, wich geschickt aus und galoppierte in die Dunkelheit davon.

Arme Petti! Aber ich bin so froh, Baryut, daß sie zu Tachi hielt und ihn nicht im Stich ließ.

Die Zigeuner bemühten sich nach besten Kräften, Tachi zu zähmen, kamen aber darauf, daß es nicht ratsam war, ihm die Fesseln ganz abzunehmen. Sie wußten, daß er sie angreifen oder sogar probieren würde, über den Stacheldraht zu springen. Dann versuchten sie, ihm Körbe auf den Rücken zu laden – sie transportierten die großen Wasserbeutel in Körben –, aber er biß und schlug aus, wälzte sich auf dem Boden und zerquetschte und zerschmetterte alles, was sie ihm aufluden.

Die Zigeuner überschütteten ihn noch immer mit Wasser, in der Hoffnung, ihn zu bändigen und an sein künftiges Los als Wasserträger zu gewöhnen. Sie waren nicht grausam. Aber sie mußten weiterziehen. Also banden sie Tachi zusammen wie ein Huhn, verluden ihn in einen der Lastwagen und fuhren davon.

Zum Glück konnten sie nicht auch all die anderen Pferde, Ziegen, Esel und Hunde in die Lastwagen verladen, daher zogen die meisten Tiere zu Fuß weiter. Und nachts folgte ihnen Petti, die Tachi noch immer nicht verlassen wollte, in sicherer Entfernung.

Diesmal schlugen die Zigeuner ihr Lager an einem Fluß auf. Wieder errichteten sie den Pferch mit Stacheldraht drumherum, schleppten Tachi dort hinein und ließen ihn frei laufen, mit nur noch lose gefesselten Hinterbeinen. Aber eines Nachts, als es regnete und die Zigeuner alle in ihren Wohnwagen und nicht im Freien waren, hörten sie ein Pferd vor Schmerz laut aufschreien. Sie stürzten hinaus und kamen gerade noch zurecht, um Tachi davontaumeln zu sehen. Von seiner Brust hing ein Teil des Stacheldrahtzaunes herab, und zwei der Pfosten schleifte er hinter sich her.

Als sie endlich Lampen geholt hatten, sahen sie noch, wie Tachi, verzweifelt ausschlagend, versuchte, sich von dem schrecklichen Stacheldraht zu befreien. Sie konnten auch erkennen, daß die Seile, mit denen sie ihn an den Beinen gefesselt hatten, gerissen waren. Aber sie versuchten nicht, ihn einzuholen, weil sie überzeugt waren, daß er mit dem Stacheldraht, den er mit sich herumschleppte, nicht weit kommen würde. Ja sie fürchteten, es nur noch schlimmer zu machen, denn er blutete und hinkte stark. Und als der eine oder andere doch den Versuch unternahm, etwas näher an ihn heranzukommen, wandte er sich selbst dann noch gegen ihn und versuchte zu beißen und auszuschlagen. Da ließen sie ihn einfach den Stacheldraht etwa einen halben Kilometer weiterschleifen und folgten ihm in einiger Entfernung. Sie erwarteten, daß er vor Schmerzen zusammenbrechen oder mit dem Draht irgendwo hängenbleiben würde.

Schließlich kam er an einen tiefen Graben, der an einer Landstraße entlanglief, und die Zigeuner waren sicher, daß sie ihn dort erwischen würden. Aber nicht Tachi! Es muß ihm schrecklich weh getan haben, er nahm jedoch einen kleinen Anlauf und sprang tatsächlich über den Graben, mitsamt dem Stacheldraht und den Pfosten. Der Graben unter ihm war aber so tief, daß dieses ganze wirre Knäuel plötzlich von ihm abfiel, und als er auf der anderen Seite hinaufstolperte, war er den Stacheldraht und die Pfosten los. Als letztes sahen die erstaunten Zigeuner Tachi mit Petti den Weg entlangtaumeln. Die Zigeuner waren alle zu Fuß, und ehe sie ihre Pferde geholt hatten, um ihnen nachzujagen, waren Tachi und Petti völlig in der Dunkelheit verschwunden. Sie haben sie niemals wiedergesehen.

Die kleine Schecke wurde dreißig Kilometer weiter eingefangen und den Zigeunern zurückgegeben, die sie zum Wassertragen abrichteten. Wahrscheinlich immer noch besser als der Schlachthof. Aber ich bin so froh, daß Petti treu zu Tachi hielt und mit ihm entkam.

Das war das Ende ihres ersten Abenteuers, aus dem Tachi mit gräßlichen Wunden und fast bewegungsunfähig hervorging. Aber er wollte weiter. Immer weiter heimwärts, Baryut, nach Osten. Immer nach Osten. Es ist uns eigentlich unerklärlich, wie er es überhaupt fertigbrachte weiterzukommen, aber, so unglaublich es auch klingt, er und Petti durchquerten Italien, und sie gelangten bis nach Österreich, wo sie von neuem in Schwierigkeiten gerieten.

Diesmal war es ein Förster mit einem Gewehr.

Ich glaube, sie hatten einfach Pech. In den Bergen an der italienisch-österreichischen Grenze lebte nämlich ein alter Mann, ein Schafhirt. Er hütete eine Herde von Schafen und Ziegen, und weil es dort oben in den Bergen nicht sehr viele Grenzposten gibt, zog der alte Mann mit seiner Herde zwischen Österreich und Italien hin und her, ohne daß sich jemand darum kümmerte. Er war Österreicher, aber ein Teil seiner Familie lebte auf der italienischen Seite der Berge. Das ist dort so in dieser Gegend. Die Leute betrachten das Gebirge als *ihr* Gebirge, und sie kennen alle schwierigen und geheimen Pfade, die hinüberführen.

Eines Nachts, als der alte Mann seine Herde durch ziemlich unwegsames Gelände in östlicher Richtung über die Berge nach Österreich führte, hatte er das Gefühl, von irgendeinem wilden Tier verfolgt zu werden. Später erzählte er Professor Schmidt (der nachher an Großvater schrieb und von dem wir das alles erfahren haben), daß er nicht wußte, was für ein wildes Tier das sein konnte. Es waren schon seit sechzig Jahren keine Bären mehr in dieser Gegend gewesen, und alle Wildschweine waren längst getötet worden. Allerdings gab es dort manchmal Wölfe, wenn auch sehr selten, und aus der Art, wie sich die Hunde gebärdeten, schloß er, daß ein Wolf in der Nähe war. Sicher wußte er aber nur, daß seine Herde in der Finsternis verfolgt wurde und daß die Tiere ebenso aufgeregt und ängstlich waren wie er selbst.

Er trieb seine Herde in der Dunkelheit zur Eile an und wünschte nur — so erzählte er —, die Tiere hätten keine Glocken umgehabt, denn das von den Bergen widerhallende Gebimmel der Glöckchen machte es ihm unmöglich zu hören, ob er immer noch verfolgt wurde.

Erst auf der Paßhöhe sah er die wilden Tiere, die ihn verfolgten. Er hörte einen unheimlichen, langgezogenen Laut, und als er sich umblickte, sah er im Mondlicht zwei zottige wilde Geschöpfe, wußte aber nicht, was für Tiere es waren. Du weißt ja, Baryut, wie klein Tachi und Petti sind. Sie sahen nicht nur strup=

pig und wild aus, sicher schüttelte Tachi auch wie üblich heftig den Kopf. Tatsache ist, daß der alte Hirte dachte, es wären riesige Wölfe, und er hatte solche Angst um sich und seine Herde – was ich ihm nicht verübeln kann –, daß er sie verließ und den Berghang hinunterlief, bis zu einer kleinen Hütte, wo ein Förster lebte (so nennt man in Österreich die Forstaufseher).

„Wölfe!" schrie der alte Mann, als ihn der Förster fragte, was denn los wäre. Es war ein Uhr nachts. „Holen Sie Ihr Gewehr, Herr Förster", sagte er. „Aber beeilen Sie sich, denn ich habe nur meine Hunde bei der Herde gelassen."

Der Förster glaubte dem alten Mann eigentlich nicht recht, obwohl es in strengen Wintern gelegentlich vorgekommen war, daß der Hunger Wölfe aus Jugoslawien nach Kärnten getrieben hatte. Aber er nahm sein Gewehr und eilte hinter dem alten Hirten her, in die Dunkelheit hinaus.

Der Hirte hatte erwartet, bei seiner Rückkehr die Herde in Panik zu finden, ein halbes Dutzend Wölfe mitten unter den Tieren. Aber er fand sie nur eng aneinandergedrängt in einer Senke. Die Hunde winselten nervös, aber keine Wölfe waren da und keine Spur von den wahren Schuldigen – Tachi und Petti.

Aus dem angstvollen Verhalten der Schafe und der Hunde erkannte jedoch auch der Förster, daß irgendwo ein wildes Tier in der Nähe sein mußte. Daher glaubte er jetzt dem alten Mann und begann, die Berghänge nach Wölfen abzusuchen, während der Schäfer seine Herde wieder vorantrieb und sich beeilte, sie sicher von der Paßhöhe herunterzubekommen.

Ich fragte Großvater, warum Tachi dem Hirten und seiner Herde hatte folgen wollen, und Großvater glaubt, daß es Tachis Wildtierinstinkt war, der ihn über einen schwer zu überquerenden Paß hinter Schafen und Ziegen hergehen ließ, weil die immer den besten Weg wissen und wilde Tiere einander oft auf diese Weise folgen. Tachi und Petti gingen also der Herde in einiger Entfernung nach, und als der Förster sie schließlich im Mondschein erblickte, war auch er von ihrem Aussehen verwirrt. Er wußte nicht, was für Tiere er vor sich hatte, aber mit dem Instinkt des Försters beschloß er, sie als gefährlich zu betrachten.

Er wartete mit seinem Gewehr oberhalb eines großen Felsens, wo der Paß sich zu einem Hohlweg verengte. Als die beiden „wilden Tiere" auftauchten, zielte er auf eins und schoß. Aber in dem Moment, in dem er abdrückte, machte das „wilde Tier" einen Satz vorwärts, als wüßte es, daß der Förster das Gewehr angelegt hatte. Der Schuß ging fehl. Der Förster schoß noch einmal, aber die beiden Tiere liefen den Berg hinunter und mitten durch die Schafherde, die in panischem Schrecken auseinanderstob. Dann verschwanden sie in den Nadelwäldern, die die Berghänge bedecken.

Der Förster und der Hirte sahen sie nie mehr wieder.

Am nächsten Tag meldete der Förster der österreichischen Forstverwaltung in Lienz sein Abenteuer mit den beiden „wilden Tieren". Einer der Beamten dort schrieb einen langen Brief über das Erlebnis des Schafhirten und des Försters. Dieser Bericht gelangte schließlich auch zu Professor Schmidt nach Wien, der den Förster und den Hirten aufsuchte, mit ihnen sprach und dann Großvater alles genau schrieb, was die beiden ihm erzählt hatten. Aber der Bericht des Lienzer Forstbeamten gelangte auch in die Hände eines gewissen Dr. Schultz vom Zoologischen Institut der Universität Wien, und damit begann das dritte Abenteuer.

Dr. Schultz wußte sofort, um welche „wilden Tiere" es sich handelte, und wollte sie aufspüren. In seinem Brief an Groß-

vater schrieb er, daß er beabsichtige, Tachi mit einem Narkose=
gewehr zu treffen, auf die gleiche Weise, wie Eure Wissenschaft=
ler es schon einmal mit Tachi getan haben. Aber Großvater hat
mir inzwischen erklärt, daß das nicht die beste Art ist, ein wil=
des Tier zu fangen, denn nur ein erstklassiger Schütze kann das
Tier an der richtigen Stelle treffen. Weniger gute Schützen tref=
fen die Tiere oft an falschen Stellen, und das Geschoß dringt zu
tief ein, oder manchmal stürzt das Tier auch so unglücklich, daß
es sich ein Bein oder gar das Genick bricht. Daher erschrak ich
sehr und war ziemlich aufgeregt, als ich von den Plänen des
Zoologen las. Großvater versuchte, mich zu beruhigen. Weshalb
ich eigentlich heulte? Tachi würde schon nichts Böses passieren.
Er würde sich schon nicht das Genick brechen — und so weiter,
und so weiter.

„Und selbst, wenn er sich nicht das Genick bricht", brüllte
ich. „Was wird aus Petti, wenn sie Tachi fangen? Denen ist doch
ganz egal, was aus ihr wird."

Ich wußte, daß ich mich ganz blöd benahm, aber mir gefiel der
Brief des Zoologen ganz und gar nicht. Möglicherweise würde er
Petti einfach ihrem Schicksal überlassen oder sie gar beseitigen.

Mrs. Evans hörte, was ich für ein Theater machte, und er=
klärte Großvater, daß er wie üblich gedanken= und rücksichtslos
handelte. Dann fingen sie an, zu streiten und „Unsinn" zuein=
ander zu sagen. Da mußte ich schnell dafür sorgen, daß sie da=
mit aufhörten, und gleich war mir wieder besser.

Aber auch Großvater machte sich Sorgen, weil ihm plötzlich
einfiel, daß er Dr. Schultz kannte. Er erinnerte sich, daß der Zoo=
loge viele Jahre in Ostafrika verbracht hatte und daß er immer
mehr ein heimlicher Jäger als ein Wissenschaftler gewesen war.

„Ich meine damit nicht, daß er gern tötet", sagte Großvater.

„Aber er liebt die Pirsch, wie Jäger das eben tun, und er hat viel=
leicht mehr Interesse daran, einem Wildpferd quer durch Europa nachzujagen, als Tachi einzufangen und damit seiner Erhaltung und somit wissenschaftlichen Zwecken zu dienen."

In seinem ersten Bericht schrieb Dr. Schultz, daß er Tachi und Petti endlich, wenige Kilometer von der österreichisch=ungarischen Grenze entfernt, eingeholt hätte. Tachi war quer durch Österreich gewandert und nun fast bis nach Osteuropa gelangt. Er zog also weiterhin ostwärts. Dr. Schultz schrieb, er hätte seine äußerst ungewöhnliche Zickzackroute verfolgt – Du erinnerst Dich, was schon Monsieur Fanon festgestellt hat? –, aber eines wäre ganz augenfällig: Die Pferde schienen höheren Bergen auszuweichen. Sie suchten sich immer einen Weg durch die Täler.

„Offenbar, weil Tachis Wunden, die er sich durch den Stacheldraht zugezogen hat, noch nicht verheilt sind", sagte Großvater. „Oder vielleicht hat ihn doch der Förster mit seinem Gewehr verletzt."

Also jagte Dr. Schultz ihnen weiter nach wie einem Wild. Und endlich, eines späten Nachmittags, sah er sie, nachdem er ihre Fährte im weichen, morastigen Boden nahe der österreichisch=ungarischen Grenze aufgespürt hatte. Es war ihm schon den ganzen Tag über klar gewesen, daß sie nicht mehr weit sein konnten, denn die Hufabdrücke waren frisch, ebenso wie ihr Dung. Als er sie endlich durch seinen Feldstecher am Rande eines verwilderten Obstgartens erblickte, war es beinahe Abend.

Dr. Schultz schrieb, er mußte seine ganze afrikanische Erfahrung einsetzen, um an sie heranzukommen. Es ging nicht nur darum, alle einfachen Regeln der Jagd zu befolgen, wie etwa,

sich nie zu zeigen und immer im Gegenwind zu bleiben, er mußte sich auch so geräuschlos wie möglich bewegen, damit er bis auf etwa fünfzig bis sechzig Meter an sie herankam. Auf größere Entfernungen trifft ein Narkosegewehr nicht mehr genau, wie Du ja weißt.

Er brauchte eine Stunde für nur hundert Meter, aber er sah sich Tachi sehr genau an, während er sich anpirschte. Tachi trug bereits sein Winterfell, es war dick und fleckig. Sein Schwanz und die aufrechtstehende Mähne waren sehr lang. Aber Tachi selbst sah krank und schwach aus, Petti dagegen gesund und kräftig, ihr Fell dicht und glänzend. Offenbar war auch Petti diejenige, die Wache hielt, während Tachi im Stehen schlief.

Dr. Schultz hielt den geeigneten Moment für gekommen, denn Stuten sind nie so aufmerksam wie Hengste. Nur noch hundert Meter, und er würde nahe genug sein, um das Narkosegeschoß abzufeuern. Aber Petti war bereits unruhig, und Dr. Schultz brauchte eine halbe Stunde, um sich weitere fünfzig Meter voranzuarbeiten. Dann, als er endlich nahe genug war, bemerkte er, daß er vergessen hatte, den Hahn zu spannen. Als er den Hebel vorsichtig zurückschob, machte es leise „klick". Nicht mehr. Aber das genügte, um Tachi zu wecken, der in Sekundenschnelle herumschwenkte und floh.

Unglücklicherweise hatte Dr. Schultz noch Zeit zu zielen und schoß.

Er war sicher, Tachi mit dem Narkosegeschoß an der linken Schulter getroffen zu haben. Sogar in der Dunkelheit sah er Tachi noch in die Höhe springen. Aber dann galoppierten die beiden durch den verwilderten Obstgarten davon.

Dr. Schultz ließ sich Zeit, denn er wußte ja, daß Tachi nicht weit kommen konnte. Sicher würde er bewußtlos umfallen, ehe er noch fünfzig Meter weit gelaufen war. Das nächste Dorf lag nur etwa drei Kilometer entfernt, und Dr. Schultz hatte vor, dort einen Lastwagen zu mieten und Tachi damit wegzufahren. Er hatte auch einen Strick bei sich, um Tachi an den Beinen zu fesseln, solange er bewußtlos war. Also begann er, der Spur durch den Obstgarten zu folgen. Inzwischen mußte er dafür eine Taschenlampe zu Hilfe nehmen, denn es wurde schon dunkel. Dr. Schultz stellte zu seiner Überraschung fest, daß Tachi nach fünfzig Metern nicht zusammengebrochen war, auch nicht nach hundert Metern, der Entfernung, nach der üblicherweise das Narkosegeschoß spätestens seine Wirkung tut. Dabei war er absolut sicher, Tachi getroffen zu haben.

Es stellte sich heraus, daß Tachi überhaupt nicht das Bewußtsein verloren hatte. Aber warum nicht?

Dr. Schultz erklärte, er wisse es nicht. Und obwohl er fast die ganze Nacht und den nächsten Tag suchte, fand er keine Spur, weder von Tachi noch von Petti. Nicht einmal Hufabdrücke fand er mehr von ihnen, denn unmittelbar hinter dem Obstgarten stieg das Gelände an, und der Boden war hart und trocken.

Und das, Baryut, war der letzte Bericht von Dr. Schultz. Tachi lief mit einem im Körper steckenden Narkosegeschoß davon. Und wenn Du immer noch fragst — wie es jeder tut —, warum das Narkosegeschoß anscheinend nicht seine Wirkung tat, so meint Großvater, daß sein dichtes Fell Tachi vielleicht dagegen schützte. Aber ich weiß es nicht. Vielleicht ist er nur so lange weitergelaufen, bis er ein gutes Versteck fand. Vielleicht ist er gestorben. Vielleicht hat ihn Dr. Schultz auch getötet und dann behauptet, er wäre verschwunden. Aber Großvater wird ganz böse, wenn ich das sage.

Jedenfalls aber ist das alles, was wir bisher von ihnen wissen.

Wenn Tachi also nicht tot in Österreich liegt, dann müssen die beiden wohl weitergewandert sein. Großvater hat an alle Zoologischen Gesellschaften und Institute in Ungarn geschrieben und sie gebeten, nach unseren beiden Pferden Ausschau zu halten.

Ich frage mich, Baryut, wie lange sie das noch aushalten werden, selbst wenn Tachi fähig ist zu laufen. Ich hoffe jetzt sehr, daß irgendwer sie einfängt, damit man Tachi helfen kann.

Sonst ...

Mrs. Evans ruft mich. Ich soll ihr mit dem Essiggemüse helfen, das sie einlegt. Ich rieche schon den heißen Essig.

Sehr herzliche Grüße und alles Gute für Euch alle, Baryut. Ich verspreche, Dir sofort zu schreiben, wenn wir wieder etwas hören.

Wie üblich, Deine Freundin
Kitty

PS Sonst gibt's nichts weiter. Muß mich beeilen. Ich mag Mrs. Evans' Essiggemüse wahnsinnig gern. K.

12

Liebe Kitty!

Als uns Tante Seroghli Deinen Brief vorlas, sagten wir alle, daß man Tachi aufhalten und einfangen müßte, damit er sich und Petti nicht noch umbringt.

Trotzdem, Kitty, wir müssen Tachi einfach bewundern. Mein Vater schüttelt immer wieder den Kopf und sagt: „Das ist ein echtes mongolisches Pferd! Es gibt nicht auf und läßt sich von nichts aufhalten. Eher fällt es tot um. Nur ein mongolisches Pferd verhält sich so.“ Aber meine Mutter erinnerte ihn, daß Petti kein mongolisches Pferd ist und daß auch sie nicht aufgibt. Und meine Mutter sagte: „Vielleicht kann nur ein kleines englisches Pferd seinem Gefährten so treu ergeben sein.“

Jedenfalls aber kann ich nicht glauben, daß Tachi tot ist. Er würde nie so einfach aufgeben. Irgendwo lebt er. Aber wo?

Inzwischen studieren wir den Atlas und hoffen das Beste. Alle hier lassen Euch grüßen. Und wie üblich schickt meine Mutter einen besonderen Gruß an Mrs. Evans.

Dein alter Freund
Baryut

PS Auch ich weiß sonst nichts. Keine sehr fröhliche Zeit jetzt, was? Mir fällt anscheinend auch weiter nichts zu sagen ein. B.

13

Lieber Baryut!

Es ist schwer zu glauben. Eigentlich ist es ganz und gar unglaublich. Aber nach vier Monaten bekamen wir endlich Nachricht aus Ungarn, und Großvater hat sofort ein Flugzeug nach Budapest genommen. Jetzt ist er wieder zurück. Aber ich muß Dir gleich sagen, daß er Tachi oder Petti nicht mitgebracht hat, leider. Was er aber mitbrachte, war ein langer Brief, der alles ganz genau erzählt, was ihnen dort zustieß.

Der Brief kommt von einem ungarischen Mädchen namens Kato Kossuth. Und weil es das beste ist, wenn Du das alles selber liest, lege ich Dir eine Fotokopie der Übersetzung bei, die wir an der Universität von Swansea haben machen lassen. Das ist sie:

Liebe Kitty Jamieson (sie schreibt meinen Namen Jamanson)!

Dein Großvater hat mir alles von Deinem Pony Petti und dem Wildpferd Tachi erzählt. Deshalb schreibe ich Dir, denn Du wirst verstehen, wie mir zumute ist wegen all der merkwürdigen Dinge, die geschehen sind, und wie es gekommen ist, daß ich überhaupt in die ganze Angelegenheit mit Deinen beiden Ponys verwickelt wurde.

Ich bin Ungarin, lebe bei meinen Eltern und heiße Kato

Kossuth. Aber ich wohne nicht in einem Haus, weil meine Familie zu einer Jahrmarkttruppe gehört, die das ganze Jahr von Dorf zu Dorf durch Ungarn zieht, im Sommer und im Winter. Da werden alle möglichen Belustigungen geboten, wie zum Beispiel verschiedene Arten von Karussels; es gibt Schießbuden und andere, wo man mit Bällen oder Ringen nach Preisen werfen kann, Luftschaukeln, Tanzböden und Kapellen, Akrobaten und sogenannte starke Männer; und dann meine Familie, die Pferdevorführungen veranstaltet (mit zwei Pferden). Auch Ponyreiten für Kinder.

Unsere Jahrmarkttruppe ist sehr alt, und meine Familie gehört seit vielen hundert Jahren dazu. Wir haben das schon immer gemacht. Unsere Truppe ist in ganz Ungarn sehr beliebt, und jedes Jahr schreiben uns viele Dorfbewohner und bitten uns, an bestimmten Festen, an kirchlichen oder Nationalfeiertagen zu ihnen zu kommen. Wir haben aber unsere eigene, ganz bestimmte Reiseroute, und da ist es sehr schwer, es jedem recht zu machen.

Heutzutage ist das ein gutes Leben, weil wir nicht mehr so hohe Preise für alles zahlen müssen und keine hohen Steuern und weil man uns auch nicht mehr wie Zigeuner behandelt. Wir dürfen überallhin, vorausgesetzt, wir sorgen dafür, daß der Vergnügungspark nicht schmutzig oder gefährlich ist. Es ist also alles sauber, hell und freundlich, und wir haben sogar eine Schule, in die ich an vier Tagen und zwei Abenden in der Woche gehe. Nächstes Jahr werde ich Englisch lernen. Mein Bruder ist schon an der staatlichen Schule für Zirkuskünstler. Du siehst also, daß wir sehr viel zu tun haben. Und wir kennen fast jede Stadt und jede Landstraße und jedes Dorf in Ungarn, und alle kennen uns.

Aber genug von uns. Ich muß Dir von Petti und dem Wildpferd erzählen, das Ihr Tachi nennt.

Es kam so: Unsere Truppe gelangte eines Tages in das Dorf Szil. Ein paar Wochen vor unserer Ankunft hatten die Leute dort ein wildes, zottiges, hübsches kleines Pony gefangen, eine Art Pony, wie es die meisten Leute in Szil noch nie gesehen hatten. Und weil im Umkreis von fünfzig Kilometern niemand etwas von ihm wußte und auch nicht, wem es gehörte, kamen sie zu dem Schluß, daß es uns gehören mußte. Wir waren die einzigen Leute, von denen bekannt war, daß sie Ponys hatten. (Wir lassen die Kinder auf ihnen reiten.)

Die Dorfbewohner hatten das Pony in einem von einer hohen Mauer umgebenen Grundstück hinter der Fabrik des Ortes gehalten, in der sie Obstkisten herstellen. Als sie aber meinem Vater das Pony zeigten, mußte er ihnen sagen, daß es nicht uns gehörte. Und damit begann in dem Dorf eine große Diskussion, was damit geschehen sollte. Obwohl es viele verschiedene Meinungen gab, entschieden doch die Mehrheit und der Bürgermeister, daß wir es auf jeden Fall bekommen sollten — wenn wir es haben wollten.

„Pferde brauchen Freunde, so wie jedermann", sagte der Bürgermeister, „und dieses hübsche kleine Pferd gehört unter andere kleine Pferde, nicht unter unsere grobknochigen alten Bauerngäule. Außerdem wird es kaum jemand eher gelingen, die tatsächlichen Besitzer zu finden, als der Familie Kossuth auf ihren Reisen. Und inzwischen stellt euch vor, wie viele Kinder überall in Ungarn sich freuen werden, auf dieser hübschen kleinen Stute reiten zu dürfen."

So gab man also meiner Familie das Pony, und wie Du wohl inzwischen erraten haben wirst, war es Deine Ponystute Petti.

Der Bürgermeister hatte uns gewarnt, daß sie wild wäre und keinen an sich heranließ. Es konnte ihr auch niemand einen Strick um den Hals binden. Mein Vater sagte, sicher würde eine lange und gründliche Erziehung nötig sein, ehe sie so gut ab= gerichtet war, daß man ihr Kinder zum Reiten anvertrauen könnte. Unsere Familie hat seit Generationen Pferde für Vor= führungen dressiert, daher hielten wir das für kein besonderes Problem.

Aber es zeigte sich, daß es viel schwieriger war, als wir dach= ten. Petti leistete jedem Menschen Widerstand. Sie schlug aus und setzte sich gegen jeden zur Wehr, der versuchte, ihr einen Strick um den Hals zu legen. Sie war so ungebärdig, daß alle glaubten, sie müsse aus einer wilden Herde entkommen sein. Aber mein Vater sagte: „Nein. Dieses Pony ist irgendwann ein= mal zahm gewesen. Gezähmte Pferde sehen einen auf eine ganz bestimmte Art an, und dieses Pferd hat jenen Blick."

Ich durfte nicht zu ihr in das Gehege, aber eines Tages, als alle auf dem Jahrmarkt beschäftigt waren, beobachtete ich sie durch das hölzerne Tor hindurch, und sie kam geradewegs zu mir und stubste mich mit der Nase an wie ein ganz zahmes Tier. Genau wie unsere eigenen beiden Reitponys. Sie erlaubte mir, sie zu streicheln und an den Ohren zu kraulen, und offenbar wollte sie nicht, daß ich wegging.

Ich war so aufgeregt, daß ich den ganzen Weg bis zum Platz vor der Kirche rannte, wo unser Jahrmarkt war, und es meinem Vater erzählte. Als er unser Zelt fertig aufgebaut hatte, kam er mit mir zum Gehege, blieb in einiger Entfernung stehen und sagte, ich sollte ganz nahe an das Tor herangehen. Sofort kam das Pony zu mir und versuchte, seine Nase zwischen den Holz= balken des großen Tores hindurchzustecken.

„Mach das Tor auf und geh hinein, Kato!“ rief mein Vater.

Das tat ich, und das Pony kam zu mir, rieb seinen Kopf an mir und lief mir nach, als ich auf und ab ging.

„Sie muß einem Mädchen wie dir gehört haben“, sagte Vater und kam zum Tor herüber. Aber als Vater das Gehege betrat, wich das Pony wieder zurück und warf den Kopf ganz wild und wütend hin und her.

So fing alles an. Ich war der einzige Mensch, der sich ihr nähern konnte. Du hast sie zwar Petti genannt, aber ich taufte sie „Kudu“, das heißt Zucker auf ungarisch. Dir zuliebe will ich sie hier in diesem Brief „Petti“ nennen.

Petti ließ sich von mir alles gefallen, sogar einen Strick durfte ich ihr um den Hals binden und einen kleinen Sattel auf ihren Rücken legen; allerdings versuchte ich nicht, sie zu reiten.

Wir konnten sie jedoch nicht dazu bewegen, in die Nähe der anderen Pferde zu gehen, und sie ließ sich auch nicht auf die kleine Wiese bringen, die uns die Dorfbewohner leihweise für unsere Pferde zur Verfügung gestellt hatten. Sie weigerte sich ganz einfach, sich unter die anderen Pferde zu mischen, schlug aus und biß und lief davon, wenn wir sie dazu überreden wollten. Mein Vater, der so viel von Pferden versteht, sagte, das müßte einen Grund haben.

„Sicher hat sie irgendwo in der Nähe einen Gefährten oder ein Fohlen“, sagte er, „und fürchtet, daß wir sie in eine Herde stecken und mit der Herde wegbringen. Offenbar will sie das andere Pferd nicht im Stich lassen.“

Daher holten mein Vater und mein Bruder Petti am nächsten Morgen, als der Nebel noch auf dem gefrorenen Boden lag und noch niemand sonst wach war, aus dem Gehege und ließen sie auf der Straße frei. Zuerst wußte Petti nicht, was sie tun sollte.

Aber dann galoppierte sie die Straße hinunter, und mein Vater und mein Bruder folgten ihr auf unseren beiden Ponys. Nach ungefähr einer halben Stunde kam Petti schließlich zu einem Wäldchen, wo eine hohe Eisenbahnbrücke über ein Tal führte. Petti blieb unter der Brücke stehen, wieherte und ging dann erwartungsvoll hin und her, bis mein Vater und mein Bruder plötzlich aus dem Nichts ein anderes Pferd auftauchen sahen. Es mußte unter dem tiefen Bogen der Eisenbahnbrücke hervorgetreten sein, wo es sich offenbar versteckt gehalten hatte.

Um es kurz zu machen, dieses Pferd war so krank und so schwach, daß es sich kaum auf den Beinen halten konnte. Mein Vater hatte noch nie ein Pferd wie dieses gesehen. Zuerst dachte er, es wäre ein kleines Maultier oder ein Wildesel. Aber als er es genauer sehen konnte, wußte er, daß es ein richtiges Pferd war, ein sehr krankes und verletztes Pferd. In der Gegend gab es reichlich Gras, aber dieses Pferd war sehr dünn und abgemagert. Es konnte kaum stehen.

Mein Vater schickte meinen Bruder zurück, um mich zu holen, und ich kehrte in einem Lastwagen mit einem Strick zurück. Petti stand ganz still, aber sie versuchte nicht, sich diesem anderen Pferd zu nähern, von dem ich jetzt weiß, daß es Tachi war.

„Ich möchte, daß du Petti wegführst", sagte mein Vater. „Vielleicht wird dieses andere Pferd ihr nachkommen."

„Gut", sagte ich.

„Ich habe noch nie ein Pferd wie dieses gesehen, Kato", warnte mich mein Vater. „Also sei vorsichtig! Ich glaube, es ist ein wildes."

Er sagte, ich sollte Petti einen Strick umbinden, und das tat ich auch. Petti sträubte sich nicht dagegen, aber als ich begann, sie wegzuführen, wandte sie immer wieder den Kopf, um zu sehen, ob das andere Pferd ihr nachkam. Immer, wenn das wilde Pferd stehenblieb, blieb auch Petti stehen. Auf diese Weise brachten wir sie nach und nach bis zur Straße und führten sie sehr langsam zum Dorf zurück. Kurz vor dem Dorf aber legte sich das wilde Pferd hin. Es war zu schwach, um weiterzugehen. Also ging Petti zu ihm zurück und blieb neben ihm stehen.

Wir verbrachten noch zwei Tage im Dorf. Das wilde Pferd konnte von der Stelle, an der es lag, nicht mehr aufstehen. Schließlich brachte mein Vater alle anderen Pferde zu ihm hinaus und stellte sie einfach ringsherum auf. Das mochten sie ganz und gar nicht. Mein Vater sagte, sie wüßten, daß es ein Wildpferd war. Aber wenigstens liefen sie nicht weg, und schließlich kam das Wildpferd doch wieder auf die Beine und stand nun mitten unter ihnen. Es schien zu wissen, daß es sich ihnen anschließen mußte, um zu überleben.

Erst jetzt, als wir es endlich genau betrachten konnten, sahen wir, wie böse es verletzt war. Seine ganze Brust, die Vorderbeine und der Hals waren entsetzlich zerschnitten, und das verkrustete Blut war von Fliegen bedeckt. Von seiner rechten Schulter war das Blut über die ganze Seite hinuntergeronnen, und seine Hinterbeine waren so arg zerschnitten, daß man an den Knien die bloßen Knochen sehen konnte. Es war schrecklich.

„Es ist ein Wunder, daß es überhaupt noch am Leben ist", sagte mein Vater. „Es muß ein sehr zähes kleines Pferd sein."

Wir brachten es also zusammen mit allen anderen Pferden in unser Gehege im Dorf. Sobald es auf der kleinen Dorfweide war, brach das Wildpferd wieder zusammen. Inzwischen wollten alle im Dorf dieses außergewöhnliche Pferd anschauen, und ich hörte einige Leute sagen, es wäre besser, es zu erschießen und seinem Leiden ein Ende zu machen. Darüber war ich sehr wütend. Ich stürzte davon zu meinem Vater und flehte ihn an, so etwas nicht zuzulassen. Mein Vater sagte, ich sollte mir keine Sorgen machen.

„Wir werden nicht erlauben, daß jemand es erschießt. Und außerdem wird es gut für die Truppe sein, wenn es sich erholt hat. Sieh dir nur an, wie hier die Leute angerannt kommen, um sich dieses merkwürdige kleine Pferd anzusehen."

Aber was sollten wir in der Zwischenzeit mit ihm tun? Niemand konnte an ihn heran, obwohl es auf dem Boden lag. Wenn man versuchte, sich ihm zu nähern, wollte es aufstehen, mit den Hufen ausschlagen und beißen, und auch Petti wurde nervös und fing an, nach jedem auszuschlagen und zu beißen, nach jedem, außer nach mir. Deshalb glaubten sie, zuerst sollte lieber ich versuchen, an das Wildpferd heranzukommen. Das war aber gar nicht so einfach, denn ich konnte mir nicht helfen, ich hatte einfach Angst. Es war ein so merkwürdiges Pferd. Schließlich nahm ich all meinen Mut zusammen und näherte mich den beiden sehr behutsam, während mein Vater und mein Bruder sich für alle Fälle in der Nähe hielten, mit großen Stachelstöcken bewaffnet. Zum Glück gab Petti leise ermunternde Schnauber von sich, und als ich bei dem Wildpferd anlangte, machte es keinen Versuch, aufzustehen oder mich zu beißen. Da sah ich das Geschoß aus seiner Schulter herausragen.

„In seiner Schulter steckt ein kleiner stählerner Pfeil", rief ich zu meinem Vater hinüber. Ich wußte noch nicht, was es war.

„Versuch, ob du ihn herausziehen kannst. Aber sei vorsichtig!" sagte mein Vater. „Nein, warte! Ich hole eine Schnur."

Er holte ein Knäuel Schnur aus dem Lastwagen, rollte es mir zu und sagte, ich sollte es an den Pfeil anbinden. Er würde ihn herausziehen, sobald ich in sicherer Entfernung stand.

Das Wildpferd drehte sich zu mir um und sah mich mit einem so wilden, zornigen und durchdringenden Blick an, gleichzeitig aber auch so gekränkt und so hilflos, daß ich beinahe anfing zu weinen. Es mußte schreckliche Schmerzen haben. Deshalb redete ich die ganze Zeit mit ihm, und sogar Petti schnaubte weiterhin ermunternd. So gelang es mir, die Schnur an dem Pfeil zu befestigen.

„Und jetzt komm zurück", rief mein Vater.

Ich entfernte mich vorsichtig, und nachdem sie die Schnur behutsam gestrafft hatten, zog mein Vater mit einem gewaltigen Ruck daran. Da schrie das wilde Pferd vor Schmerz laut auf, aber das Geschoß kam glatt heraus. Es war ein gräßlich aussehendes Ding, mit kleinen Stacheln daran wie ein Angelhaken. Wir fragten uns, wer wohl auf die Idee gekommen war, dieses fürchterliche Ding auf Tachi abzuschießen. Und warum?

Aber es war unmöglich, seine entsetzlichen Schrammen und Wunden auszuwaschen und zu versorgen. Mein Vater wollte mir nicht erlauben, daß ich den gefährlichen Versuch unternahm, das wilde Pferd anzufassen, obwohl ich es gern wollte. Ich muß Dir nämlich gestehen, Kitty, daß ich sehr gern Krankenschwester werden möchte. Aber ich glaube, das wird nicht möglich sein, weil ich wahrscheinlich nicht gescheit genug bin. Außerdem sind wir nie lange genug an einem Ort, um alle dafür nötigen Dinge zu lernen. Deshalb weine ich manchmal abends im Bett, wenn ich daran denke. Ich möchte so gern in dem großen Krankenhaus in der Nähe der Stadt Cegléd meine Ausbildung machen, wo wir jedes Jahr zweimal vorbeikommen. Da könnte ich auch immer meine Eltern und die anderen Jahrmarktleute sehen, wenn sie wieder dorthin kommen. Aber ich glaube nicht, daß ich es werde tun können, denn Angehörige einer

Jahrmarkttruppe sind nicht wichtig genug. Allerdings erklärt mein Lehrer immer, daß das gar nicht stimmt.

Obwohl wir das Geschoß aus der Schulter des Wildpferdes entfernt hatten, erholte es sich nicht sofort wieder, und es bereitete uns ziemliche Schwierigkeiten, weil es uns sehr aufhielt. Aber mein Vater wollte unbedingt dafür sorgen, daß es sich erholte. Inzwischen wußten wir ja auch, daß sich das Wildpferd ruhig verhalten würde, solange Petti bei ihm war. Also begannen wir unsere übliche Winterreise mit den beiden in unserer kleinen Herde. Wir zogen ostwärts und nach Süden und jetzt, nachdem wir mit Deinem Großvater gesprochen haben, wissen wir, daß Tachi wahrscheinlich deshalb bei uns blieb, weil wir die für ihn richtige Route verfolgten. Ich nehme an, wenn wir nach Norden oder Westen gezogen wären, hätte er uns verlassen, ganz gleich, wie schwach oder krank er auch gewesen wäre. Und Petti hätte er mitgenommen.

Jedenfalls, Kitty, richtete ich Petti im Laufe der Zeit dazu ab, Kinder auf sich reiten zu lassen, und sie tat es sehr gut und gern, wenn sie sich auch nach wie vor von niemand anderem als mir pflegen ließ. Inzwischen blieb das Wildpferd ruhig und friedlich bei den anderen Pferden und erholte sich langsam. Zwar gebärdete es sich das erste Mal, als wir Petti zum Training wegholten, völlig verrückt, beruhigte sich aber, als es begriff, daß wir sie immer wieder zurückbrachten. Aber niemandem gelang es je, das wilde Pferd zu berühren, nicht einmal mir. Wenn es mit den anderen Pferden zusammen auf einer Dorfweide war, stand es oder lag vielmehr immer allein und abgesondert, denn es dauerte lange, bis es wieder richtig stehen konnte. Dein Großvater erklärte uns dann später, daß nicht nur seine Verletzungen daran schuld waren, sondern auch das Narkose=

geschoß, aus dem wahrscheinlich allmählich Gift in die Blutbahn gedrungen war, weil es nicht tief genug saß.

Als wir weiterreisten, erholte sich das Wildpferd zusehends und wurde bald immer ruheloser. Es lief ständig im Kreis herum, in jedem Pferch, in den wir es brachten. Dein Großvater fragte uns, wie wir die Donau überqueren konnten, ohne von den Leuten angehalten zu werden, die auf den Brücken nach Tachi und Petti Ausschau hielten. Das war sehr einfach. In der Nähe des Ortes Paks gibt es eine Fähre, eine Art schwimmende Brücke, die von Dieselmotoren betrieben wird. Wir benützen sie seit eh und je, weil sie auf unserer üblichen Route liegt. Dort hielt natürlich niemand nach den beiden Pferden Ausschau, weil niemand annahm, daß ein Wildpferd auf so einem Ding den Strom überqueren würde.

Bald nachdem wir über den Strom gesetzt und den Jahrmarkt in dem Dorf Dunapartaj aufgebaut hatten, bemerkten wir übrigens, daß das Wildpferd nicht mehr mit den anderen Pferden auf dem eingezäunten Weidegrund war. Es hatte einige Planken von einem Schuppen niedergetreten und war entkommen. Wir suchten überall nach ihm, konnten es aber nicht finden. Vier Tage verbrachten wir in Dunapartaj und verschoben sogar unsere Abreise noch um einen Tag, aber schließlich mußten wir ohne Tachi weiter, was uns sehr traurig machte. Aber was hätten wir tun sollen?

Als wir jedoch am nächsten Tag die Landstraße nach Kischoks entlangzogen, schaute ich zum hinteren Fenster unseres Wohnwagens hinaus und sah, daß uns das wilde Pferd entlang der Straße im Schnee folgte. Wir versuchten, es wieder zu fangen, aber es war zu klug für uns. Von da an blieb es stets in sicherer Entfernung hinter uns, und wir ließen ihm ruhig seinen Willen.

„Es hat keinen Sinn, ihm nachzujagen", sagte mein Vater. „Solange wir seine kleine Stute haben, wird es uns folgen."

Tachi folgte uns überallhin. Er versteckte sich immer außerhalb der Ortschaften, in denen wir ein paar Tage blieben. Einmal hielten wir uns eine volle Woche in einem Dorf auf, und wir sahen ihn die ganze Zeit nicht. Aber wenn wir abreisten, tauchte er stets wieder auf. Das ging so weiter durch das ganze östliche Ungarn, bis wir an die ukrainische Grenze kamen, den östlichsten Zipfel unseres Landes. Dort kehren wir immer um und wenden uns wieder westwärts.

Auf unserem Weg zurück nach Westen machten wir in der ersten Nacht mit unserem Jahrmarkt in einem Dorf halt, das berühmt ist für seine Kirschgärten. Man stellte uns einen der kleinen Kirschgärten zur Verfügung, wo wir unsere Pferde freilassen konnten. Inzwischen waren wir offenbar schon zu sorglos, was Petti betraf.

Das Ergebnis? Als wir sie eines Morgens holen wollten, war sie nicht mehr da. Wir suchten den ganzen Kirschgarten nach ihr ab, in dem hoher Schnee lag, und fanden schließlich Spuren, die zu einem tiefen Kanal am Ende des Obstgartens führten. Wir waren überzeugt gewesen, daß die Pferde ihn niemals überqueren würden, weil er sehr tief und nicht zugefroren war. Aber an jenem Morgen stellten wir fest, daß er an einer Stelle *doch* zugefroren war, und wir entdeckten zweierlei Spuren im Schnee. Offenbar war also Tachi über das Eis in den Kirschgarten gekommen, um Petti zu holen und sie wegzubringen.

Wir suchten die Felder, die Wälder und die anderen Kirschgärten nach ihnen ab, aber sie waren offenbar weg. Obwohl uns alle Dorfbewohner halfen, kamen wir nach vier Tagen zu dem Schluß, daß es hoffnungslos war.

Wir sahen Petti und das Wildpferd nie wieder. Sie waren ganz einfach in unserer wilden ungarischen Schneelandschaft verschwunden. Wir hatten gar nicht gewußt, wie lieb wir sie alle beide gewonnen hatten, bis wir sie ein für allemal verloren hatten. Ich glaube, ich hatte Petti genauso lieb wie Du, Kitty, obwohl sie nur kurze Zeit bei uns war. Ich habe sicher ebensoviel um sie geweint wie Du. Zusätzlich beunruhigte mich aber, daß ich keine Ahnung hatte, wer Petti eigentlich war noch wem sie gehörte oder wo sie und Tachi eigentlich hergekommen waren — von nirgendwoher.

Wochen später, als eines unserer Pferde in der Stadt Miskolc von einem Tierarzt behandelt werden mußte, erzählte mein Vater dem Tierarzt von den beiden merkwürdigen Pferden. Der Tierarzt war sofort ganz aufgeregt und telefonierte nach Budapest. Vier Tage später kam Dein Großvater den langen Weg aus London zu uns, und da erst erfuhren wir die ganze Geschichte von Petti und Tachi, dem Wildpferd.

Dein Großvater verbrachte einen vollen Abend damit, uns alles von den beiden Pferden und von Dir zu erzählen, Kitty. Dein Großvater bat mich, alles aufzuschreiben, was geschehen war. Ich tat es also, auf ungarisch, mit Hilfe von Fräulein Nagy, unserer Lehrerin. Wahrscheinlich habe ich eine Menge ausgelassen, aber ich glaube, ich habe alles aufgeschrieben, was wichtig ist.

Da wir jetzt wissen, daß das Wildpferd nach seiner Heimat in der Mongolei unterwegs ist, nehmen wir an, daß Tachi und Petti bereits die kalten und eisigen Karpaten überquert haben müssen und irgendwo in der Ukrainischen Tiefebene sind, die jetzt auch eisig und kalt sein muß.

Bitte laß es mich wissen, wenn Du oder Dein mongolischer

Freund irgend etwas Neues von ihnen erfahren. Dein Großvater hat meinem Vater versprochen, ihm zu schreiben, wenn er irgendwelche Neuigkeiten hat. Das Wildpferd sah so häßlich und krank aus, als wir es das erste Mal zu Gesicht bekamen, daß es einem schwerfiel, es zu mögen, obwohl es uns allen leid tat. Aber sobald es ihm etwas besser ging, waren alle in unserer Familie von ihm fasziniert, und wir bewunderten es sehr. Ich glaube, weil wir spürten, daß es die ganze Zeit etwas vorhatte – daß es irgendein Ziel verfolgte. Alles andere war ihm unwichtig.

Sei doch so nett und schreib mir auf alle Fälle. Schreibe ruhig englisch. Wir werden schon jemanden finden, der es uns übersetzt. Viele Menschen in unseren Dörfern haben irgendwann einmal in Amerika, Australien, Kanada oder sogar in England gelebt. Ein Mann aus dem Dorf Gyoma hat zehn Jahre lang in einem sonderbaren Land gewohnt, das „Isle of Man" heißt, wo die Katzen keine Schwänze haben. Kennst Du sie? Er ist Bäcker.

Viele Grüße, liebe Freundin von Petti und Tachi, liebe Freundin aller wilden Tiere,

gez. Kato Kossuth

PS Ich habe Dir alle Adressen, an die Du mir schreiben kannst, auf ein zusätzliches Stück Papier geschrieben, das befestige bitte im Deckel der großen Kiste, in der Du Deine Kleider hast. Dort hebe ich immer alle wichtigen Sachen auf, die ich nicht verlieren will. K. K.

PPS Das also, Baryut, ist der traurige Brief von Kato Kossuth. Aber wenn Tachi und Petti jetzt die Ukraine erreicht haben, sind sie schon bald weniger weit von Dir entfernt als von mir. Ver=

suche also bitte, alles über sie herauszufinden, was Du irgend kannst. Denn von jetzt an wirst Du wohl mehr erfahren als ich.

Sonst weiß ich nichts mehr zu schreiben, absolut nichts, weil ich mir ganz und gar nicht vorstellen kann, wie die beiden jemals diese unendliche, weiße, frostbedeckte Ebene und die riesigen Flüsse überqueren sollen, die durch die Ukraine fließen. Auf der Landkarte sieht es aus wie die halbe Welt. Großvater hat an zwei Professoren in Kiew, der Hauptstadt der Ukraine, geschrieben. Wir hoffen also, daß sich jemand um sie kümmern wird. K.

14

Liebe Kitty!

Als unser Freund Gritti Deinen letzten Brief las (er kann jetzt englisch lesen), saß er auf einem Lastwagen. Kaum war er fertig, sprang er herunter und sagte: „Sie hat vollkommen recht, Baryut, sie haben schon fast den halben Weg nach Hause hinter sich! Bist du dir darüber im klaren?"

Er war so aufgeregt, daß er sofort davonsauste, um sich mit seinem Professor in Ulan Bator in Verbindung zu setzen und ihn zu fragen, ob er wüßte, daß Tachi und Petti jetzt schon in der Ukraine waren. Der Professor sagte, natürlich wüßte er das. Dein Großvater hatte ihm bereits ein Telegramm geschickt. Und der Professor in Ulan Bator hatte ihm auch versprochen, alles nur Mögliche zu tun, um Tachi und Petti zu finden, ehe sie noch viel weiter gekommen waren.

Aber ich bin nicht allzu optimistisch, Kitty. Auf mongolisch sagen wir: „Sag deine Zukunft nicht voraus, ehe sie nicht geschehen ist." Das ist das gleiche wie Eure englische Redensart: „Zähl deine Küken nicht, eh sie ausgeschlüpft sind!" Das habe ich selbst gelernt. Meine Tante sagt, ich bin in Englisch ein guter Schüler, aber ich habe ein schlechtes Gedächtnis. Na, jedenfalls werden wir jetzt abwarten müssen.

Gritti wollte am liebsten in die Ukraine fliegen und selber

nach Tachi und Petti suchen. Aber das ist kaum durchführbar. Wo sollte er anfangen?

Da ich jetzt Kato Kossuths Brief gelesen habe, hoffe ich noch immer, daß man Tachi und Petti fangen kann, obwohl sie der Heimat immer näher kommen. Es stoßen ihnen offenbar zu viele schreckliche Dinge zu, deshalb wäre es mir lieber, sie würden gefangen. Sie könnten sich sonst noch mehr schlimme Verletzungen zuziehen oder noch mehr Böses erleben.

Ich werde Dir sofort schreiben, wenn ich etwas erfahre. Inzwischen alles Liebe Euch allen.

Dein treuer Freund
Baryut

PS Vorige Woche wurde in der Herde wieder ein Fohlen geboren. Nun sind es schon sechs. Die Wildherde fängt also an, sich zu vermehren. Die fehlenden fünf Pferde habe ich noch immer nicht gefunden, vielleicht habe ich mich doch getäuscht. B.

15

Liebe Kitty!

Endlich etwas Neues!

Aber ich weiß nicht, was ich davon halten soll. Ich glaube, alles, was diesmal geschah, mußte so kommen, wie es kam. Ich wünschte, wir lebten in benachbarten Dörfern. Dann könnte ich zu Dir hinüberreiten und Dich fragen, was Du davon hältst.

Das erste, was man in Kiew, der Hauptstadt der Ukraine, von Tachi und Petti erfuhr, stammte von einer Signalbeamtin an einer der ukrainischen Bahnlinien. Die stand eines Nachts in dichtem Schneegestöber an einer hügeligen und unübersichtlichen Stelle der Bahnlinie, in der Nähe des Dorfes Lipowetz, und hielt ihre gelbe Fahne in die Höhe, während der Zug vorüberfuhr – das müssen hier alle Signalbeamten tun. Da sah sie im Licht der Waggons zwei sehr kleine und ungewöhnlich aussehende Pferde wie wild die Schienen entlanggaloppieren.

Sie meldete das dem Stationsvorsteher in Uman, weil streunende Tiere eine Gefahr für die Züge sind. Zum Glück hatte der Lokomotivführer sie ebenfalls gesehen, und auch er meldete es. Aber erst Wochen später wurden diese Berichte in Kiew gelesen, wo dann jemand begriff, wer diese beiden ungewöhnlichen Pferde waren. Bis dahin hatte man Tachi und Petti wieder aus den Augen verloren.

Dann sah man sie auf einem Kolchos im Distrikt von Tscher=kassy. Sie hatten zwei oder drei Nächte lang hinter einer Repa=raturwerkstatt des Dorfes vor einem Schneesturm Zuflucht ge=sucht. Tachi hatte die Tür eines Silos eingetreten, und sie hatten ein bißchen Hafer und Mais gefressen und waren dann ver=schwunden. Die nächste Meldung kam von einer Gänsefarm, die zu der Kolchose von Gradisk gehört, wo zwei Frauen, die tausend weiße Gänse betreuen, eines Tages von zwei kleinen Pferden erschreckt wurden, die sich plötzlich aus einem Feld er=hoben, mitten durch die Gänseherde galoppierten und sie nach allen Seiten auseinanderjagten. – Das muß ein Anblick gewesen sein!

Diese Berichte besagten nicht sehr viel, aber sie gaben den ukrainischen Professoren eine Vorstellung davon, wo die Pferde waren. Daher beauftragte die Ukrainische Akademie der Wis=senschaften einen Fachprofessor namens Nemtschenko damit, alles in die Wege zu leiten, um ihrer habhaft zu werden. Sie schickten auch nach Gritti, der zunächst nach Ulan Bator, dann nach Kiew und schließlich nach Charkow in der Ukraine flog, wo er mit Professor Nemtschenko zusammentraf.

Zuerst versuchten Gritti und Nemtschenko, der ebenfalls Zoologe ist, die Spur der beiden Pferde aufzunehmen, aber das erwies sich als unmöglich. Es begann nämlich gerade die Früh=jahrsschneeschmelze, und die Ukrainische Tiefebene war bereits dick mit schwarzem Schlamm bedeckt, so daß man sich aus=schließlich auf den Hauptstraßen voranbewegen konnte. Es be=stand keinerlei Hoffnung für sie, die schlammigen Felder über=queren zu können. Mit einem Traktor wäre es möglich gewesen, aber die Traktoren wurden alle für die Feldbestellung, zum Pflü=gen und Säen gebraucht, und man konnte keinen für sie erübri=

gen. Daher war es unmöglich, dort zu suchen, wo Tachi und Petti sich aller Wahrscheinlichkeit nach aufhielten.

„Es gibt nur eine einzige Möglichkeit", sagte Professor Nemtschenko. „Wir werden die Rote Armee um Hilfe bitten."

„Wie?" fragte Gritti. „Was kann die denn tun?"

„Ich weiß nicht", sagte Professor Nemtschenko. „Aber sie hat Hubschrauber. Und ist es nicht schließlich Sache der Armee, auch schlammige Steppen und angeschwollene Flüsse überqueren zu können, ohne sich um Straßen, Brücken und Morast zu scheren!"

Und so begann die Jagd der Roten Armee. Zwei Einheiten setzten sich, auf der Suche nach Tachi und Petti, in Bewegung, die unbeirrt weiterzogen, Tag und Nacht. Sie brauchten eine Woche, um ihre Fährten aufzuspüren, und endlich entdeckte ein Armeehubschrauber die beiden Pferde in einer aus jungen Birken bestehenden kleinen Baumgruppe am Ufer eines Hochwasser führenden Flusses. Die Ufer waren so morastig und überflutet, daß es für Jeeps oder Lastwagen völlig aussichtslos war, dorthin zu gelangen. Daher entschloß sich der Kommandant, zwei Amphibienpanzer zu Hilfe zu schicken. Die kamen überallhin.

Gritti fuhr in dem einen Panzer mit und Professor Nemtschenko in dem anderen. Sie hofften, die Pferde bei einer großen Schleife des Flusses in die Falle zu locken, wo ihnen der Weg geradeaus und zu beiden Seiten vom Wasser und der Rückweg von den beiden Panzern versperrt wäre.

Nach Einbruch der Dunkelheit trafen die beiden Panzer dort ein. Sie konnten keine Spur von den beiden Pferden finden, nahmen aber an, daß sie noch immer einen Weg über den Fluß zu finden suchten, daher trennten sie sich. Einer fuhr stromauf-

wärts und der andere stromabwärts am Fluß entlang. Beide hatten sehr starke Scheinwerfer, und sie kamen viel schneller voran als ein Pferd. Außerdem hofften sie, daß der entsetzliche Lärm, den die Panzer machten, Tachi erschrecken, ihn in Bewegung halten und so für sie sichtbar machen würde.

Der Panzer, in dem Gritti war, leuchtete mit seinen Scheinwerfern das ganze Flußufer ab, während Gritti mit seinem Feldstecher in der Ausgucköffnung saß. Aber außer ein paar aufgescheuchten Vögeln und Kaninchen war zwei Stunden lang nichts zu erspähen. Dann plötzlich tauchte etwas Hellbraunes im Licht des Scheinwerfers auf, und Gritti wußte, daß sie sie gefunden hatten.

„Halt!" schrie er dem Panzerkommandanten zu.

Der Panzer blieb stehen, und Gritti rief dem Soldaten, der die Scheinwerfer bediente, zu, er solle diese auf das fliehende Pferd richten. Es war zweifelsohne Tachi. Aber wo war Petti?

Zuerst dachte Gritti, Tachi liefe einfach in panischem Schrekken davon. Tatsächlich beschrieb er aber einen großen Kreis. Sie hielten den Scheinwerfer auf ihn gerichtet, bis sie sahen, daß sich Petti im Mittelpunkt dieses Kreises befand. Sie steckte bis zum Bauch in einem großen schwarzen Sumpfloch und konnte sich nicht rühren. Tachi umkreiste sie ständig und schleuderte mit seinen galoppierenden Hufen den Schlamm in die Höhe. Entweder wollte er die Aufmerksamkeit von ihr ablenken, oder er machte Anstalten, den Panzer anzugreifen, um sie zu schützen.

Jedenfalls saß Petti fest, und Tachi wollte sie offenbar nicht im Stich lassen.

„Wir haben sie", schrie Gritti über Funk aufgeregt Professor Nemtschenko in dem anderen Panzer zu.

Während sie auf die Ankunft des anderen Panzers warteten, versuchte Grittis Panzer, näher an Petti heranzukommen. Aber jedesmal, wenn sie auf sie zufuhren, schwenkte Tachi herum und ging voll wilder Angriffslust geradewegs auf den Panzer los.

„Bleiben Sie stehen!" schrie Gritti dem Panzerkommandanten zu.

„Weshalb?" fragte der Kommandant.

„Er greift uns an", rief Gritti.

Der Kommandant lachte. Er wollte nicht glauben, daß ein Pferd einen Panzer angreifen könnte. „Machen Sie sich nur keine Sorgen", sagte er. „Er wird uns nichts tun."

Aber Gritti brüllte: „Drehen Sie um! Gehen Sie ihm aus dem Weg! Er greift uns an und wird sich dabei umbringen. Wenden Sie!"

Der Kommandant begriff, daß Gritti es ernst meinte und daß es auch Tachi ernst meinte, daher gab er den Befehl, und der Panzer wendete und floh vor Tachi, der wütend hinter ihm her galoppierte. Erst als sie weit genug waren, blieben sie stehen, schalteten die Scheinwerfer aus und horchten in die Dunkelheit. Sie konnten Tachi in wildem Zorn schnauben und wiehern hören.

„Wir werden hier warten, bis es hell wird", erklärte Gritti dem Kommandanten und stieß einen großen Seufzer der Erleichterung aus.

„So ein verrücktes Pferd!" sagte der Kommandant ungläubig. „Was hat es eigentlich vor?" Aber dann mußte er über die Vorstellung lachen, daß ein Pferd einen Panzer in die Flucht schlug.

Die ganze Nacht blieb der Panzer dort stehen. Sie schalteten nur ab und zu die Scheinwerfer ein, um sich zu vergewissern, daß mit Petti soweit alles in Ordnung war und sie nicht zu tief im Schlamm versank. Sie bemühte sich noch immer, freizukommen, aber Gritti verstand inzwischen genug von Pferden, um zu wissen, daß Petti voraussichtlich bis zum Tagesanbruch warten würde, ehe sie es ernstlich versuchte. Es sei denn, Tachi trieb sie zur Eile an.

Der andere Panzer war nun genügend nahe herangekommen, um mit ihnen gemeinsam zu warten. Knapp bevor es hell wurde, begann Tachi, der die ganze Nacht hindurch nicht zur Ruhe gekommen war, Petti anzuspornen, sich aus ihrem Schlammloch zu befreien.

Inzwischen hatten alle Soldaten von Tachis und Pettis langer Reise erfahren und waren voller Hilfsbereitschaft. Aber sie wußten, daß sie zunächst Tachi einfangen und aus dem Weg schaffen mußten, ehe sie Petti helfen oder sich ihr überhaupt nähern konnten. Zuerst wollten sie aus den Fahrzeugen aussteigen, sich mit Seilen an Tachi heranpirschen und ihn so zu fangen versuchen. Aber Gritti erklärte ihnen, daß Tachi viel zu klug und auch zu gefährlich war, um ihnen ein solches Vorgehen zu erlauben. Das wäre höchstens möglich, wenn sie zusätzliche Hilfe von den umliegenden Kolchosbauern bekämen. Wenn sie genügend Leute hätten, könnten sie Tachi vielleicht umzingeln. Aber als es hell wurde, sah Gritti, daß das Gelände viel zu offen war und sie Tachi auch auf diese Weise nicht würden einfangen können.

Daher entschloß sich Gritti, spezielle, mit Raketennetzen ausgerüstete Armeehubschrauber anzufordern. Etwas anderes blieb ihm nicht übrig.

Diese „Raketennetze" führen manche Armeehubschrauber mit sich, um mit ihrer Hilfe sumpfiges Gelände begehbar zu machen, etwas rasch zu tarnen oder ein Netz über etwas zu werfen, wo man hinaufklettern muß, wie etwa ein ausgebombtes Gebäude oder steile Flußufer. Die Netze werden mittels Raketen vom Hubschrauber weggeschossen. Der Panzerkommandant war ganz sicher, daß Tachi auf keinen Fall entkommen konnte, wenn man eines dieser Netze auf ihn abwarf.

Um acht Uhr erschien der Armeehubschrauber am Himmel, und Gritti schilderte über Funk dem Piloten die Situation.

„Wenn Sie Ihr Netz abwerfen", erklärte er ihm, „dann unbedingt so, daß das Pferd genau in der Mitte ist und vollständig davon bedeckt wird. Wenn Sie es nur halb damit zudecken, wird es entkommen. Und es hat bereits ein so schreckliches Erlebnis mit einem Stacheldraht hinter sich, daß wir ein zweites derartiges Vorkommnis unbedingt vermeiden wollen."

„Keine Sorge", beruhigte ihn der Pilot. „Wir könnten damit einen Elefanten festhalten."

Zuerst schwebte der Hubschrauber nur über den beiden Pferden, was Tachi ganz außer sich brachte. Er wieherte und fing an, wie wild mit den Hufen zu stampfen, und einmal ging er sogar auf Petti los, als wollte er sie anstacheln, sich mehr anzustrengen. Aber die arme kleine Petti schien nur immer tiefer im Schlamm zu versinken. Sie wieherte herzzerreißend, weil sie offenbar inzwischen wußte, daß sie nie allein herauskommen würde. Auch Tachi schien es zu wissen und war fast von Sinnen.

Als der Hubschrauber weiter herunterkam, immer tiefer und tiefer schwebte und durch den Sog seines Rotors das Wasser und der schwarze Schlamm aufgewirbelt und in die Luft geschleudert wurden, begann Tachi, wie verrückt ganz eng im Kreis zu rennen und wütend den Kopf zu schütteln. Schließlich blieb er mit gespreizten Beinen stehen und schlug nach dem Hubschrauber aus.

Inzwischen wies Gritti den Piloten über Funk an, um Himmels willen vorsichtig zu sein, sich aber ja zu beeilen! Er hatte noch nie gesehen, wie ein solches Netz von einem Hubschrauber abgeschossen wurde, und war daher sehr erstaunt, als es plötzlich eine heftige Detonation gab; vier Raketen gingen los, ein ungeheures quadratisches Nylonnetz breitete sich aus und wurde zur Erde hinuntergetragen.

„Getroffen!" rief der Pilot über Funk.

Das Netz war wie eine riesige Hand auf Tachi gefallen, hatte ihn umhüllt, auf die Knie gezwungen und dann auf die Seite gedrückt. Er schrie vor Wut, schlug wild mit den Beinen aus und schnappte mit den Zähnen. Aber er war in dem Netz gefangen wie ein Fisch, und je mehr er sich wehrte, desto mehr verwickelte er sich darin.

Aber es war auch noch etwas anderes geschehen.

Das Netz hatte nicht nur Tachi bedeckt, ein Zipfel davon war auch auf Petti gefallen. Das war mit großer Wucht geschehen, und da das Netz selbst auch sehr schwer war, wurde Petti davon noch tiefer in den Schlamm gedrückt. Es sah tatsächlich so aus, als ob sie gleich ganz darin versinken würde.

„Schnell!" rief Gritti jetzt seinem Panzerkommandanten zu. „Fahren Sie schnell zu ihr hin!"

Der Motor des Panzers war kalt und brauchte einige Zeit, ehe er in Gang kam. Inzwischen schwebte der Hubschrauber über der Stelle, und der Pilot rief ihnen über Funk zu, daß sie sich beeilen sollten. Er sagte, er würde versuchen, das Netz von Petti wegzuheben. Sie warfen einen Spezialhaken ab, wie sie ihn verwenden, um das Netz wieder einzuholen, und auf diese Weise gelang es ihnen, den Zipfel des Netzes von Petti zu entfernen.

Die beiden Panzer waren jetzt so nahe wie möglich an Petti herangefahren, und da die Soldaten so darauf bedacht waren zu helfen, hatten sie bereits sämtliche Abdeckplanen abgeladen und in den Schlamm geworfen. Dann kroch einer der Soldaten über die einsinkende Plane zu Petti hin und rief zurück, daß sie nur noch mit großer Anstrengung atmen konnte. Der Schlamm preßte ihr offenbar die Brust fest zusammen, und sie war nahe am Ersticken.

„Ich glaube, lange kann sie es nicht mehr durchhalten", sagte der Soldat.

Gritti war nun schon beinahe genauso außer sich vor Angst um Petti wie Tachi, denn Deine vielen Briefe, Kitty, haben uns allen Petti so nahegebracht, daß sie auch ihm ungeheuer wichtig war.

Gritti hat mir erzählt, daß ihm immerzu ein Gedanke durch den Kopf ging: „Womit hat diese hübsche kleine englische Stute das verdient? Wie kommt sie dazu, hier, so weit weg von ihrer Heimat, im ukrainischen Sumpf zu ertrinken?"

Gritti konnte jetzt erkennen, daß das Schlammloch eigentlich ein alter Teich war. Eine riesige Scholle schwarzen Erdbodens, von der Frühjahrsschneeschmelze aufgeweicht, war hineingerutscht und hatte ihn in ein Sumpfloch verwandelt. Das bedeutete, daß es viel tiefer war, als Pettis Beine reichten. Wenn man sie nicht rasch herauszog, würde sie sicher sehr bald darin verschwinden.

Der Soldat kroch zurück zum Panzer. „Man kann sie nur senkrecht in die Höhe ziehen", sagte er, „das ist die einzige Möglichkeit, sie herauszubekommen. Vorwärtsbewegen kann sie sich auf keinen Fall, ganz gleich, wie man es anfängt."

„Wenn das so ist", sagte Gritti, denn er war der eigentliche

Leiter des Unternehmens, „soll mir der Hubschrauber ein Geschirr herunterlassen. Ich werde hinüberkriechen und versuchen, eine dieser Zeltbahnen unter ihren Bauch zu bekommen, damit der Hubschrauber sie herausheben kann."

Das war eine riskante Angelegenheit, aber der Hubschrauber ließ ein Stahlseil mit einem Geschirr daran herab, und das legte Gritti an. Von dem Hubschrauber gehalten, kroch er hinüber zu Petti. Er hatte eine der Abdeckplanen bei sich, und die schob er mit den Füßen dicht neben Petti in den Schlamm. Als er anfing, zu tief in den Schlamm einzusinken, gab er dem Hubschrauber ein Zeichen, das Seil, das ihn hielt, fester anzuziehen.

„Zieht mich heraus!" schrie er.

Sie kurbelten ihn hoch, hoben ihn auf die andere Seite von Petti, und wieder tauchte er mit den Füßen voran in den Schlamm. Aber diesmal mußte er auch den Kopf und die Arme in den Schlamm stecken und verschwand so ganz und gar darin, denn nur auf diese Weise konnte er die Zeltplane unter Pettis Bauch bekommen.

Es gehörte Mut dazu, ganz in den Schlamm hineinzutauchen. Was wäre passiert, wenn das Seil gerissen wäre, das ihn hielt? Oder wenn er unter Petti festgeklemmt worden wäre? Schließlich war das ja kein Wasser, sondern ein zäher, klebriger, bodenloser Erdbrei. Der Pilot wartete eine Weile, und dann bat ihn der Panzerkommandant, Gritti hinaufzukurbeln. Sein schlammbedeckter Kopf und die Schultern tauchten auf, und Gritti hielt den Rand der Zeltplane. Es war ihm gelungen, sie unter Pettis Bauch durchzuziehen.

Der Hubschrauber zog nun Petti heraus, und sie hing unter ihm in der Luft. Soweit schien alles mit ihr in Ordnung zu sein. Aber Gritti wußte, daß sie in dem Augenblick, in dem sie frei=

kam, davongaloppieren würde, daher band er ihr die Beine zusammen, während sie noch in der Luft hing. Dann ließen sie sie wieder hinunter.

Nun mußten sie sich um Tachi kümmern. Er zappelte noch immer in dem Netz, aber es gelang Gritti und den Soldaten, auch seine Beine zusammenzubinden, bevor der Hubschrauber das Netz mit Hilfe der Spezialhaken hochhob. Und Tachi und Petti blieben liegen, zusammengebunden wie Hühner, in Erwartung ihres Schicksals.

Inzwischen war es Nachmittag geworden, und als der Hubschrauber in der Nähe gelandet war, aßen die Soldaten und die Flieger, Gritti und Professor Nemtschenko endlich alle miteinander ihr Mittagessen, während einer der Soldaten der armen Petti den Schlamm etwas abwusch. Als sie fertig waren, hoben sie die beiden Pferde in den Hubschrauber, und der flog, mit Gritti und Nemtschenko an Bord, zum nächsten Hauptquartier der Roten Armee, wo Petti und Tachi in ein von hohen Mauern umgebenes Grundstück kamen, das sonst für Geschütze und Panzer reserviert war.

Dort sind sie jetzt, Kitty. Es liegt vierhundert Kilometer weiter östlich von der Stelle, an der sie endlich eingefangen wurden. Gritti erzählt, daß Tachi über und über mit furchtbaren Schrammen bedeckt ist, nicht nur auf der Brust, sondern sogar am Bauch, am Rumpf und am Kopf. Sein Schwanz ist halb ausgerissen. Wo er von dem Narkosegeschoß an der Schulter getroffen wurde, hat er noch immer eine offene, eiternde Wunde. Petti hingegen ist nirgends verletzt, nur sehr dünn und schwach, und ihre Hufe sind arg zerschunden und abgesplittert. Auch von ihrem Schwanz ist ein Großteil der Haare ausgerissen, als wäre sie damit irgendwo hängengeblieben. Petti wollte die

Kleie und den Hafer, die man ihr gab, nicht fressen. Sie fraß nur Heu.

Natürlich begann Tachi in dem Augenblick, in dem man ihn auf dem Panzerabstellplatz freiließ, sofort umherzustampfen und nach einem Weg ins Freie zu suchen. Aber Gritti sagt, dort gibt es keinen. Jedenfalls wird man beide eine Zeitlang dort behalten. Dann wird man sie auf die Staatliche Quarantänestation nach Nikolskaja bringen, die noch weitere dreihundert Kilometer östlich liegt. Dort werden sie untersucht, ob sie irgendwelche Tierkrankheiten mitgebracht haben, und wahrscheinlich werden sie endlose Wochen in Quarantäne bleiben müssen.

Das ist die gegenwärtige Situation, Kitty. Gritti und ich haben eine ganze Woche für diesen Brief gebraucht, und eigentlich enthält er ja nur das, was Gritti mir erzählt hat. Aber bald werdet Ihr Petti und Tachi wiederhaben; also bitte schreib mir gleich, wenn sie ankommen. Und bitte schreib mir alles, was sie tun und was Du von ihnen denkst. Ich meine, von ihrem Aussehen und ihrem Wesen. Erzähl mir ganz genau, was Petti tut, wenn sie Dich zum erstenmal sieht.

Es grüßt Dich
Dein trauriger und zugleich glücklicher Freund
Baryut

PS Gritti sagt, Petti ist ein wunderhübsches kleines Pony. Er sagt, daß er den Soldaten erzählt hat, wie entschlossen und klug Tachi ist, und daß sie gut auf ihn aufpassen sollen. Sie haben erklärt, sie verstünden das. Aber Gritti fürchtet, daß sie Tachi unterschätzen, wie alle, die ihn nicht wirklich kennen. Außerdem glaubt er, daß Tachi als echtes Wildpferd genau weiß, wie nahe er seiner Heimat ist, und jetzt entschlossener sein wird denn je, seine Freiheit wiederzugewinnen. Deshalb nimmt Gritti an, daß er jede nur mögliche List anwenden wird. Wir warten also gespannt auf den Tag, an dem Dein Großvater eintrifft, um die beiden von der Staatlichen Quarantänestation abzuholen und sie wieder in die Sicherheit Eures Naturschutzparks nach Wales zurückzubringen. B.

16

Lieber Baryut!

Mrs. Evans hat doch tatsächlich geweint, als ich Deinen Brief laut vorlas, und „Na so was! Nicht möglich!“ gesagt. Großvater stöhnte nur, und ich konnte nicht anders, als einen Riesenseufzer der Erleichterung ausstoßen, weil ich glaube, Petti hätte nicht viel länger durchhalten können, wenn sie noch weiter unterwegs gewesen wären.

Und jetzt bereiten wir also alles für sie vor. Großvater hat sämtliche Zäune verstärken und um einen Meter erhöhen lassen. Die Steinmauern sind überprüft und nachzementiert worden, und alle Brücken und Ausgänge haben doppelte Tore bekommen.

Erinnerst Du Dich an Peter im Krähennest? Er hat inzwischen drei Ausguckposten mehr, das heißt, daß er nun alle Täler und Wälder überblicken kann. Wir haben jetzt auch einige Stück Rotwild.

So bleibt uns nun nichts anderes mehr zu tun, als voller Aufregung und Ungeduld auf die Rückkehr unserer Flüchtlinge zu warten.

Ich bin aber auch noch wegen etwas anderem aufgeregt. Mein Vater kommt nächsten Monat nach Hause. Nicht für immer, sondern nur für sechs Wochen. Nächstes Jahr wird er dann für immer zurückkommen. Ich glaube, er wird mich gar nicht mehr erkennen. Eigentlich kennt er mich ja überhaupt nicht richtig. Deshalb habe ich auch ein bißchen Angst. Ich weiß gar nicht, was ich denken oder hoffen soll. Ich kann mir nicht vorstellen, daß ich jemals von Großvater und Mrs. Evans weggehe. Ich wünschte, Du lebtest *wirklich* im Nachbardorf, Baryut, dann könnten wir uns auf halbem Weg treffen und über alles reden. Ich habe in der Schule eine Menge Freunde, aber richtig ernsthaft reden kann ich mit ihnen nicht. Dir könnte ich sicher alles erklären, glaube ich. Nur, in was für einer Sprache würden wir wohl miteinander reden? Ich habe es aufgegeben, Mongolisch zu lernen; es würde wohl so etwas wie Monglisch oder Engolisch sein. Jetzt habe ich wieder einmal fast nur von mir geschrieben, und ich werde lieber Schluß machen, bevor mir ganz zum Heulen zumute ist. Das Leben wird immer komplizierter, findest Du nicht auch? Ich habe gedacht, es würde einfacher werden.

Sobald ich etwas von Petti und Tachi höre, werde ich Dir sofort schreiben.

Alles Liebe Euch allen!
Kitty

17

Liebe Kitty!

Wieder gibt es Schwierigkeiten! Nichts scheint glatt zu gehen. Ich möchte bloß wissen, weshalb.

Was eigentlich los ist, weiß ich nicht, aber man hat wieder nach Gritti geschickt. Gestern ist er in die Ukraine abgereist. Irgend etwas ist schiefgegangen. Sie wollten Gritti nicht sagen, was. Sie baten ihn nur, so schnell wie möglich wieder auf die Staatliche Quarantänestation zu kommen.

Gritti wollte nicht weg von hier, weil die Wildherde in letzter Zeit verzweifelt versucht, aus den Bergen auszubrechen. Die Pferde haben inzwischen offenbar gemerkt, daß sie eingeschlossen sind. Unsere Wissenschaftler haben viel Zeit damit verbracht, ihnen die meisten Fluchtwege abzuriegeln, durch künstliche Erdrutsche oder ganz einfach durch Errichtung von Mauern. Außerdem ist der alte Leithengst schließlich gestorben, und der junge, der seine Stelle eingenommen hat, ist nicht besonders intelligent. Anscheinend hetzt er die Herde immerzu im Galopp hin und her, aber ohne jeden Sinn und Verstand. Die Fohlen und die alten Stuten können nicht Schritt halten, und es ist zu befürchten, daß die Herde sich aufsplittert oder daß die Tiere sich kurz vor dem Winter so erschöpfen, daß viele von ihnen wahrscheinlich sterben werden, wenn die Kälte einsetzt.

Deshalb macht sich Gritti große Sorgen um sie. Und deshalb wünscht er heimlich, daß Tachi zurück wäre. Tachi würde sich nicht so dumm verhalten.

Das ist alles, was ich Dir im Augenblick berichten kann, Kitty, bis ich wieder von Gritti höre.

Bis dahin bleibe ich
Dein Dir treu ergebener Freund
Baryut

18

Liebe Kitty!

Also ich möchte ja nichts gesagt haben, aber ich wußte, je öfter sie Tachi in Pferdetransporter verluden und wieder ausluden und in irgendwelche Gehege oder Pferche steckten und je mehr sie ihn von einem Ort zum anderen brachten, desto eher würde er eine Gelegenheit finden, wieder auszubrechen.

Es passierte, als die beiden von einem Flugplatz auf die Staatliche Quarantänestation bei Nikolskaja gebracht wurden, die jenseits der Wolga liegt. Die Armee hatte sie in einem großen Transportflugzeug zum nächsten Flugplatz gebracht, weil die Entfernung für einen Hubschrauber zu groß war. Die Quarantänestation schickte einen Pferdetransporter, um sie abzuholen, und obwohl man den Fahrer und den Begleiter gewarnt hatte, daß man Tachi nicht trauen dürfe, waren sie sich nicht darüber im klaren, wie schlau und findig er war. Als sie ihn daher in den Pferdetransporter geladen hatten, der fest geschlossen war, lösten sie ihm doch tatsächlich die Fesseln an den Beinen, weil sie glaubten, wenn sie ihn einmal in dem Transporter drin hatten, wäre er sicher aufgehoben.

Nachdem sie aber etwa dreißig Kilometer gefahren waren, begann Tachi mit den Hufen gegen die Seitenwand des Transporters zu schlagen. Das tat er so lange, bis sie sich entschlossen, doch lieber stehenzubleiben und hinten nachzusehen, was los war.

Ganz besonders hatte man sie davor gewarnt, zu Tachi in den Laderaum des Transporters zu gehen. Aber der Begleiter dachte, er würde die hintere Tür des Wagens nur einen ganz kleinen Spalt öffnen und schnell einen Blick hineinwerfen. Weiter tat er nichts, sagt Gritti. Er öffnete sie nur einen ganz kleinen Spalt. Im nächsten Augenblick jedoch hatte Tachi die Tür niedergetrampelt, den Begleiter bewußtlos geschlagen und war mit einem Satz draußen. Einen Augenblick noch stand er schnaubend da und wartete darauf, daß Petti ihm folgte. Dann senkte er den Kopf und ging auf den Fahrer los, der seinem verletzten Kameraden zu Hilfe kommen wollte. Als er auch den Fahrer niedergestoßen hatte, galoppierten beide Pferde quer durch die mit Mais bepflanzten Felder davon und verschwanden. Tachi und Petti wurden nicht wieder gesehen.

Der Vorsitzende der Staatlichen Quarantänestation tat sein möglichstes und organisierte eine Suchaktion, aber schließlich mußten sie doch Gritti aus der Mongolei holen. Sie hofften, Gritti könnte ihnen spezielle Hinweise auf das Verhalten des Wildpferdes geben, denn es war ihnen nicht gelungen, irgendwelche Spuren von einem der beiden Pferde zu finden. Aber Gritti konnte ihnen auch nur sagen, daß Tachi sich bei Tag verborgen halten und bei Nacht weiterziehen würde, und zwar ostwärts, immer ostwärts, in Richtung seiner Heimat.

Das war vor drei Monaten.

Seither haben sie jeden Winkel des Landes östlich von Nikolskaja abgesucht, jedes nur mögliche Versteck. Sie haben alle Kolchosen, alle Dörfer und Eisenbahnstationen informiert und die Armee um Hilfe gebeten. Sie haben die Felder von Hub=

schraubern aus beobachtet, sie haben sie in Lastwagen, in Jeeps und zu Pferd durchgekämmt, und die Telefonleitungen sind dabei heißgelaufen, weil jeder auf jeden wütend ist. Aber von Tachi und Petti haben sie keine Spur gefunden.

Das also ist die Geschichte bisher, Kitty. Die Landschaft, in der sie sich jetzt befinden, ist sehr flach und weiträumig, und es gibt nur sehr wenige Siedlungen dort. Aber wenn sie sich weiter ostwärts bewegen, werden sie bald in den weiten Steppen- und Wüstengebieten von Kasachstan sein und vielleicht sogar in das Kirgisische Gebirge kommen. Ich glaube nicht, daß man sie dort je erwischen wird. Das ist eine sehr wilde Gegend. Sie ist sogar ein Pferdeland, allerdings gibt es nicht sehr viel Futter in diesen unfruchtbaren, schneebedeckten Bergen.

Aber diesmal, Kitty, hoffe ich, daß Tachi unser Gebirge erreicht. Ich hoffe, daß sie nicht eingefangen werden. Ich kann mir nicht helfen, Kitty, aber diesmal hoffe ich wirklich, daß sie es schaffen.

Jedenfalls werde ich nicht mehr lange in den Weidegründen unseres Gebirges sein, weil ich im nächsten September nach Kobdo gehe, um dort meine zehnjährige Schulausbildung zu beenden. Bist Du Dir eigentlich darüber im klaren, daß wir uns schon seit beinahe zwei Jahren schreiben? Ich kann es gar nicht glauben. Es ist, als ob das alles erst seit dem gestrigen Sonnenaufgang passiert wäre.

Mit herzlichen Grüßen und Empfehlungen
bleibe ich Dein alter Freund
Baryut

PS Was ist mit Deinem Hund Skip geschehen? Du schreibst nie mehr von ihm. Ich hoffe, es geht ihm gut. Mein Hund Khan kam im letzten Mai ums Leben, als er in unserem Grasland Wachteln jagte. Er war ein fröhlicher kleiner Hund, immer lachte er und grub Löcher und wedelte mit dem Schwanz. Sogar als er starb, versuchte er noch, mit dem Schwanz zu wedeln, als wollte er uns sagen, wir sollten nicht betrübt sein. Dabei blickten seine Augen ganz traurig. Er wurde getötet, als er in einen Traktor hineinlief, der das geschnittene Gras zusammenrechte. In unserem Distrikt begräbt man Hunde nicht gern. Man sagt, sie sollten von der Sonne begraben werden, also überhaupt nicht. Aber meine Schwester und ich waren entschlossen, ihn doch zu beerdigen. Deshalb krochen wir eines Nachts aus unserem Zelt, ritten in die Berge und begruben Khan auf die gleiche Art, wie unsere Vorfahren ihre Lieblingspferde zu begraben pflegten — als ihre besten Freunde. Der arme kleine Khan. Er war immer so fröhlich, daß ich oft dachte, wie es wohl sein mag, ein Hund zu sein und immer so glücklich und vergnügt. B.

19

Lieber Baryut!

Seit viereinhalb Monaten kein Wort von Dir.

Was ist los? Wartest Du auf Nachricht? Oder sind die Nachrichten so schlecht, daß Du sie mir nicht schreiben magst? Großvater war wütend auf alle, als er Deinen letzten Brief las. Er wußte, daß sie Tachis Schläue und Entschlossenheit unterschätzen würden.

Bitte schreibe, wenn Du auch nur das kleinste bißchen Neues weißt. Irgend etwas!

Wie immer
Deine Kitty

Liebe Kitty!

Ich war sehr beschäftigt, habe für meine Physik- und Chemieprüfungen gelernt, und Tante Seroghli war in Swerdlowsk am Institut für Fremdsprachen. Deshalb habe ich nicht früher geschrieben.

Gritti kam heim, nachdem sie die beiden vier Monate hindurch mit Flugzeugen, Hubschraubern, Autos, Lastwagen, Traktoren, zu Pferd und zu Fuß gesucht hatten. Er glaubt, daß sie nicht mehr leben und irgendwo in Kasachstan vor Erschöpfung gestorben sind. Vielleicht haben sie auch irgendwelche giftigen

Wurzeln gefressen, die sie nicht kannten, oder giftiges Wasser getrunken. Sie können auch an Wasser= oder Nahrungsmangel gestorben sein, es gibt Hunderte von möglichen Ursachen. Diese wilden kasachischen Steppen sind voll von Gefahren.

Es gibt wirklich keine anderen Nachrichten.

Das ist alles, was ich im Augenblick zu sagen habe.

Dein Freund
Baryut

Lieber Baryut!

Das ist eine Ansichtskarte von der Tower Bridge in London. Ich verbringe vier Tage hier in London mit jemandem, der vielleicht bald meine Stiefmutter wird. Gestern habe ich in der Zeitung gelesen, daß China und die Mongolei einen ganz schrecklichen Winter haben. Jetzt ist es sechs Monate her, daß Tachi und Petti verschwunden sind, und ich nehme an, Du hast endgültig jede Hoffnung aufgegeben.

Aber ich kann's noch immer nicht glauben.

Herzlichst
Kitty

Liebe Kitty!

Diese Postkarte schreibe ich selber. Dieses Englisch ist mein eigenes Englisch, mit der Hilfe meines Lehrers. Auf der Karte ist ein Bild unseres mongolischen Nationalhelden Suche=Bator. Ich habe nun unser Gebirge verlassen. Ich studiere in der Schule Nr. 4 in der Stadt Kobdo; der Winter hier war der kälteste in der Geschichte unseres Landes, mit dreißig Grad Kälte. Viele Pferde in unserem Distrikt starben, auch etliche der Wildherde. Tachi und Petti sind nun für immer verschollen, was sehr traurig ist. Jetzt sind neun Monate vergangen seit ihrem Verschwinden. Sie müssen in der schrecklichen Kälte gestorben sein.

Leb wohl, Kitty!
Baryut

Lieber Baryut!

Nur eine Karte, weil ich Dir sagen will, daß ich noch immer an Tachi und Petti denken muß, wenn sie auch ein für allemal verloren sind. Ich vergieße ab und zu eine Träne ihretwegen. Ich stelle mir immer vor, daß sie sich irgendwo im kalten Schnee eng aneinanderschmiegen oder in diesen kahlen, stürmischen Bergen erfrieren. Ich habe jetzt eine Stiefmutter, die sehr nett ist. Leider werde ich das Reservat bald für immer verlassen und nach Portsmouth ziehen. Mrs. Evans ist ganz aufgeregt. Und Großvater erst! Mehr geht auf diese Karte nicht drauf. Dein Englisch ist fabelhaft. Ich fange gerade mit meinen Prüfungen an. Sehr schwer und sehr knifflig (mühsam).

Herzlichst
Kitty

Liebe Kitty!

Unsere Akademie der Wissenschaften in Ulan Bator bekam eine Meldung, daß ein Geologe hundert Kilometer westlich von unseren Bergen zwei wilde Pferde gesehen hat. Gritti hat mir das geschrieben, und er meint, es könnten Tachi und Petti sein. Aber ich bezweifle es. Ich glaube eher, daß es zwei von den fünf Pferden sind, die mir schon immer in der Wildherde fehlten. Erinnerst Du Dich? Ich hatte einunddreißig gezählt, und dann waren es nur noch sechsundzwanzig. Ich glaube, das werden sie sein.

Jedenfalls schreibe ich Dir sofort, wenn ich irgend etwas herausgefunden habe.

Besten Gruß
Baryut

Lieber Baryut!

Wenn sie es wirklich sind, schicke mir bitte ein Telegramm. Trotzdem kann ich es auch noch nicht recht glauben. Aber ich kann mir nicht helfen, ich bin doch wieder ganz aufgeregt und voller Hoffnung; Großvater sagt, Du kannst das Telegramm per Nachnahme schicken (wird hier bezahlt), wenn Du willst.

Ganz außer Atem, Deine erwartungsvolle
Freundin Kitty

ULAN BATOR. MISS KITTY JAMIESON NATURSCHUTZRESERVAT BLACK MOUNTAINS WALES.

LIEBE FREUNDIN. TACHI UND PETTI SIND TATSÄCHLICH IN UNSEREM GEBIRGE EINGETROFFEN, ABER NOCH NICHT GEFUNDEN WORDEN. SCHREIBE DIR NÄHERES, WENN ALLES KLAR IST. DEIN AUFGEREGTER FREUND BARYUT.

20

Liebe Kitty!

Es ist die übliche unglaubliche Geschichte, wie immer bei Tachi und Petti. Teilweise ist sie beinahe zu kompliziert und zu schmerzlich zu schreiben, aber es muß sein.

Es war am 5. März, als wieder ein anderer Geologe, der in unserem Gebirge arbeitete, über Funk seinem Hauptquartier meldete, er hätte zwei Wildpferde eines der langen Täler in unserem Gebirge sehr mühselig entlangwandern sehen.

Als sich die Nachricht verbreitete — ich war gerade auf Ferien zu Hause —, wollten alle sofort in höchster Eile in das lange Tal, um die beiden Pferde aufzuspüren. Mein Bruder, meine Schwester, mein Vater, die Onkel, sogar meine Mutter und mein Großvater wollten losziehen. Und natürlich auch Tante Seroghli. Aber wir konnten ja schließlich nicht alle auf einmal weg, daher brachen nur vier von uns auf: mein Vater, Gritti, Tante Seroghli und ich.

Wir ritten eines Morgens sehr früh los und hatten am späten Nachmittag den äußersten Punkt unseres langen Tales erreicht. Kaum waren wir dort angekommen, als auch schon die Wildherde auftauchte. Aber die Pferde waren alle derart unruhig, daß sie offenbar wußten, es müßte etwas Ungewöhnliches geschehen. Der junge Leithengst stolzierte umher wie ein Zirkuspferd, dann ließ er plötzlich die ganze Herde kehrtmachen und davongalop=pieren, daß wir sie nicht mehr sahen.

Etwa zehn Minuten später erschienen Tachi und Petti. Ich kann Dir nicht beschreiben, wie mir zumute war, Kitty. Es war beinahe zuviel für uns alle. In Tante Seroghlis Augen konnte ich kleine silberne Tränen glitzern sehen. (Wirklich wahr!)

„Das also ist die kleine englische Stute!" sagte mein Vater. „Das also ist die treue kleine Stute!" wiederholte er immerzu.

Wir alle hatten von Dir so viel über Petti gehört, daß wir das Gefühl hatten, sie ebensogut zu kennen wie unsere eigenen Pferde. Wir haben alle sehr an Dich gedacht, Kitty! Jeder ein=zelne von uns.

„Aber sie ist ja drauf und dran, ein Fohlen zur Welt zu brin=gen", sagte da Gritti.

Wir konnten das nun alle deutlich erkennen. Tachi stand ganz einfach neben ihr, ließ seine Ohren spielen und bewegte den Kopf hin und her, als fühlte er sich hilflos und wüßte nicht, was er für sie tun sollte. Sie war sehr dick und bewegte sich sehr langsam, mit großer Anstrengung. Es tat direkt weh, ihr zuzu=sehen. Schließlich ging sie vorn in die Knie und legte sich dann nieder. Tachi stieß sie sanft mit der Nase an, dann galoppierte er plötzlich quer durch das Tal, schüttelte heftig den Kopf, wieherte angriffslustig und stampfte mit den Hufen. Schließlich hob er den Kopf und schnaubte so laut, daß es fast wie ein Schrei klang.

„Er wird mit dem jungen Hengst kämpfen müssen, wenn er jetzt die ganze Herde haben will", erklärte mein Vater. „Und er weiß es auch."

„Vielleicht will er nur Petti", sagte Tante Seroghli. „Viel=leicht bleiben nur die beiden für sich allein, vielleicht wird er sich gar nicht mit den anderen zusammentun."

„Er wird", sagte mein Vater. „Schau ihn nur an ..."

Tachi galoppierte umher, als nähme er das Tal in Besitz, und schien sich zugleich auch in eine heftige Wut hineinzusteigern. Als wir wieder zurückreiten mußten, war Tachi davongaloppiert, um seine Heimat zu erkunden, während Petti einfach dort blieb, wo sie war. So als gäbe es nun nichts anderes mehr für sie zu tun, als dort zu liegen und sich einfach in Geduld zu fassen.

Natürlich überfielen uns zu Hause alle mit tausend Fragen, und schließlich holten wir die große Landkarte heraus und verfolgten darauf die lange Reise der beiden über die halbe Erde. Obwohl alle Tachis wilde Entschlossenheit zur Rückkehr in die Heimat bewunderten, fanden wir es ebenso großartig, daß Deine zahme kleine englische Stute diese unglaubliche Wanderung mitgemacht hatte.

Aber dann begannen wir alle zu diskutieren, was mit ihnen geschehen sollte. Sollte man Tachi in Euer Reservat nach Wales zurückschicken? Oder sollte man Petti ohne ihn zurückschicken? Und das Fohlen? Es konnte ja nicht in der Herde bleiben, weil es kein reinrassiges Wildpferd sein würde. Es wäre zur Hälfte Petti. Ich glaube aber, wir alle wußten, daß es eigentlich gar nicht auf das ankam, was wir sagten. Die ganze Angelegenheit würde von den Wissenschaftlern entschieden werden.

Es war meine Schwester Miza, die meinen Vater fragte, wann, seiner Meinung nach, Pettis Fohlen auf die Welt kommen würde.

Mein Vater hat einen schwarzen Schnurrbart, und wenn er anfängt, ihn mit dem Daumen zu streichen, dann wissen wir alle, daß irgend etwas nicht stimmt.

„Nun?" fragte ihn meine Mutter.

„Ich glaube, die kleine englische Stute wird ihr Fohlen morgen oder am Tag danach bekommen", sagte er. „Und wir müssen sehr behutsam sein und sie nicht stören. Sehr, sehr behutsam."

Da wußten wir, daß er sich über irgend etwas Sorgen machte, aber mehr wollte er nicht sagen. Am nächsten Tag ritt ich mit meinem Vater und Gritti wieder hin, um zu sehen, ob mit Petti alles in Ordnung wäre. Als wir den Hang des kleinen Hügels hinaufkletterten, von dem aus man das lange Tal gut überblicken kann, sahen wir, daß die ganze Herde dort war, der junge Leithengst in ihrer Mitte. Er hatte unmittelbar Tachi gegenüber Stellung bezogen, der neben Petti stand.

„Jetzt werden sie es ausfechten", flüsterte Gritti.

Der junge Leithengst stampfte umher und machte sehr viel Aufhebens, als wollte er der Herde befehlen, sich in Bewegung zu setzen. Alle gehorchten ihm, außer Tachi und Petti. Petti war auf den Beinen, aber sie sah aus, als wäre sie zu erschöpft, um sich von der Stelle rühren zu können. Sie hielt den Kopf gesenkt und schien ihrer ganzen Haltung nach ermattet und schwerfällig. Tachi stand einfach neben ihr, als warte er ab, was der junge Hengst tun würde. Offenbar würde das ihr erstes Kräftemessen sein.

„Jetzt oder nie", sagte ich und beobachtete Tachi scharf.

Im selben Augenblick, in dem ich das sagte, ging der junge Hengst plötzlich von hinten auf Petti los, als wollte er ihr befehlen, sich in Bewegung zu setzen. Aber Tachi versperrte ihm mit gesenktem Kopf den Weg. Und im letzten Moment drehte er sich ganz rasch um und versetzte dem jungen Hengst einen so festen Huftritt, daß er ihn beinahe umstieß. Aber dieser fing sich noch gerade, wandte sich nun seinerseits um und versuchte, nach Tachi auszuschlagen. Tachi machte einen Satz, griff den jungen

Hengst erneut an und stieß ihn wieder fast um. Das alles geschah mit unglaublicher Geschwindigkeit.

„Erstaunlich", sagte mein Vater. „Ich habe noch nie ein Pferd sich so schnell bewegen sehen."

Der junge Hengst versuchte noch einmal, Petti zum Gehorsam zu zwingen, aber sie blieb schmerzgequält stehen, und Tachi versetzte dem Hengst so heftige Stöße mit dem Kopf und den Hufen, daß er vor Schmerz aufschrie. Normalerweise wäre das der Beginn eines richtigen Kampfes gewesen. Aber statt nun den Gegner zu verfolgen und seinen Vorteil wahrzunehmen, blieb Tachi ganz nahe bei Petti und bewegte nur den Kopf hin und her. Der junge Hengst gab wieder mächtig an, aber er ging nicht mehr auf Tachi los. Er schnaubte und fauchte nur, dann drehte er sich um und galoppierte hinter der Herde her. Tachi unternahm keinen Versuch, ihm nachzujagen. Er tat überhaupt nichts.

„Er weiß, daß die kleine Stute in Not ist", sagte mein Vater.

„In welcher Not denn noch?" fragte ich meinen Vater. Ich hatte schon die ganze Zeit gewußt, daß er uns etwas verschwieg.

„Ich vermute, Petti hat sich das Becken verletzt", sagte er. „Und sie wird ernstliche Schwierigkeiten haben, ihr Fohlen zu gebären. Deshalb steht sie so still. Wahrscheinlich bereitet es ihr große Schmerzen, sich überhaupt zu bewegen."

„Können wir ihr nicht helfen?" fragte Gritti.

„Wir dürfen sie nicht stören oder aufregen", sagte mein Vater.

„Aber wenn wir es ganz vorsichtig täten . . .?"

Mein Vater schüttelte den Kopf. „Wenn wir dort hinuntergehen, um ihr zu helfen, wird das Tachi rasend machen, und Petti wird wahrscheinlich versuchen, davonzulaufen. Das wäre gefährlich für sie. Wir können nur abwarten . . ."

Wir konnten also wirklich nichts für sie tun. Wir beobachteten sie den ganzen Tag, und Petti blieb ganz einfach dort stehen, ohne sich zu rühren, während Tachi sie immerzu umkreiste und an ihrer Mähne und an ihrem Schweif knabberte. An diesem Abend ritten wir sehr besorgt und unglücklich nach Hause, weil wir Petti genau genug gesehen hatten, um zu wissen, daß sie sehr schwach und erschöpft war. Ganz verloren sah sie aus, so weit weg von ihrem heimatlichen englischen Hügelland.

Am nächsten Morgen kehrten wir zurück in das lange Tal, aber Petti und Tachi waren weg. Tachi kannte diese Berge noch immer besser als wir, und obwohl wir überall intensiv nach den beiden suchten, konnten wir sie nicht finden. Wir suchten sie diesen ganzen Tag und den ganzen nächsten Tag, vergeblich. Am dritten Morgen, als wir gerade aus unseren Zelten traten, hörten wir einen Hubschrauber.

„Ich habe die Akademie gebeten, uns einen zu schicken", sagte Gritti. „Ich finde, wenn wir hoch genug fliegen, können wir sie vielleicht finden, ohne sie zu stören."

Wir winkten dem Hubschrauber, und als die Besatzung uns sah, landete er in einer kleinen Senke in unserer Nähe.

Wir ließen unsere Pferde zurück, kletterten alle drei an Bord, und los ging's in die Berge. Wir flogen in ziemlich großer Höhe und blickten in alle Täler und Seitentäler, bis wir um etwa zwei Uhr nachmittags tief unten in einem Flecken von welkem Steinbrech ein paar schwarze Punkte entdeckten.

„Das sind sie", rief Gritti, das Geratter des Hubschraubers übertönend.

Zuerst konnten wir sie nicht sehr deutlich erkennen, aber als uns der Pilot direkt über sie flog, sahen wir selbst aus dieser großer Höhe, daß es Tachi und Petti waren.

„Petti hat ihr Fohlen bereits zur Welt gebracht!“ rief ich. Ich konnte drei dunkle Punkte unterscheiden.

„Gehen Sie ein bißchen tiefer hinunter“, rief mein Vater dem Piloten zu.

Aus der geringeren Höhe konnten wir erkennen, daß Petti auf irgendwelchem Geröll lag und neben ihr das kleine, neugeborene Fohlen. Tachi stand neben den beiden. Aber als der Hubschrauber weiter zu ihnen hinunterkam, wurde Tachi ganz verrückt und begann, Petti galoppierend zu umkreisen. Auch das Fohlen bemühte sich, auf die Beine zu kommen, aber es konnte nicht aufstehen.

Nur Petti rührte sich nicht. Und ich erkannte an ihrem Aussehen, Kitty, daß die arme Petti bereits tot war.

„Wir kommen zu spät!“ schrie ich ganz außer mir. „Sie ist tot.“

„Vielleicht ist sie zu erschöpft, um aufzustehen“, sagte Gritti.

„Nein. Sie ist tot“, sagte mein Vater traurig.

Es tut mir leid, Kitty, aber es hat keinen Sinn, Dir irgend etwas anderes zu erzählen. Petti war tot. Wir alle wußten es, und wir wußten auch, daß wir ihr kleines Fohlen sehr schnell retten mußten, sonst würde es auch noch sterben. Daher erklärte mein Vater dem Piloten, daß wir dort landen müßten, um es zu holen.

„Wenn der Hubschrauber zu nahe an sie herankommt“, wandte Gritti ein, „wird Tachi wahrscheinlich versuchen, das Fohlen mit den Zähnen wegzutragen.“ Er erinnerte sich daran, daß Tachi tatsächlich einmal ein Fohlen auf diese Art weggetragen hatte.

„Das werden wir riskieren müssen“, sagte mein Vater.

Er wies den Piloten an, so nahe wie möglich bei den drei Pferden zu landen, und als wir, etwa fünfzig Meter von ihnen entfernt, aufsetzten und dabei Staub und lockere Steinchen aufwirbelten, war Tachi außer sich vor Wut. Er raste auf den Hubschrauber zu, dann wieder zurück zu Petti und dem Fohlen. Als wir ausstiegen, griff er uns an und wollte nach uns ausschlagen. Wir liefen auseinander und schwenkten unsere Mäntel, und dann feuerte der Pilot seine Pistole ab, um ihn abzuschrecken und wegzujagen.

„Beeilt euch", sagte ich, „bevor er versucht, das Fohlen aufzunehmen."

Aber als wir uns auf Petti und das Fohlen zubewegten, bezog Tachi wieder Stellung neben ihnen, und diesmal hob er tatsächlich das Fohlen mit den Zähnen auf und warf es vor sich her, einmal, zweimal, dreimal. Auf diese Weise brachte er es etwa fünfzig Meter von der Stelle.

Wir wußten, wenn er so weitermachte, würde er es umbringen. Und je näher wir ihm kamen, um so rücksichtsloser wurde er. Wir dachten schon, wir müßten aufgeben. Aber als wir ungefähr zehn Meter von der armen toten Petti entfernt waren, ließ Tachi das Fohlen plötzlich fallen, raste zu ihr zurück und versuchte nun, sie mit den Zähnen hochzuheben. Das gab uns die Gelegenheit, rasch das Fohlen zu holen.

Es war nicht viel größer als ein großer Hund, und unser kräftiger Pilot hob es einfach auf wie ein kleines Kind und lief mit ihm zum Hubschrauber. Er war noch nicht sehr weit gekommen, als Tachi wieder seine Verfolgung aufnahm, und ich glaube, wenn es ihm gelungen wäre, ihn einzuholen, hätte Tachi den Piloten getötet. Aber wir schwenkten weiter unsere Mäntel und schrien, und ein Mann der Besatzung feuerte vom Hubschrauber aus ganz nahe neben Tachi eine Pistole ab, was ihn gerade lange genug abschreckte, daß der Pilot das Fohlen in den Hubschrauber hineinheben konnte.

Dann mußten auch wir noch an Bord gehen. Als wir den Rückweg antraten, jagte Tachi uns nach und versuchte, uns mit den Hufen zu treffen. Als wir an Bord kletterten, versetzte er sogar dem Hubschrauber noch ein paar kräftige Tritte, so daß im Metall zwei tiefe Hufabdrücke zurückblieben.

Aber wir hatten das Fohlen, und als mein Vater im Hubschrauber endlich dazu kam, es etwas genauer zu betrachten, wußten wir, daß wir das einzig Richtige getan hatten. Seine Augen waren schon von einem blauen Schleier überzogen, und ohne seine Mutter wäre es dort unten nicht mehr lange am Leben geblieben.

Was soll ich sonst noch sagen, Kitty?

Wir säuberten das kleine Fohlen, hüllten es in ein warmes Fell und behielten es in einem unserer Zelte. Wir fütterten es selbst, und tagelang schwebte es zwischen Leben und Tod.

Inzwischen mußten wir auch wegen Tachi und Petti etwas unternehmen. Wir, die wir mit den Pferden leben, wissen sehr genau, daß ein Pferd sich zu Tode grämen kann, wenn sein Gefährte stirbt. Wir alle haben das viele Male mit angesehen. Daher überlegten wir, was wir Tachis wegen unternehmen sollten.

Als wir das Tal wieder überflogen, sahen wir, daß er noch immer bei Petti Wache hielt. Was hätte er auch sonst tun sollen? Und was hätten wir anderes tun können, als Petti dort in unseren Bergen zu begraben, in dem trockenen braunen Weideland unseres Altaigebirges? Wir mußten uns Tachi mit Lärm, Peitschenknallen und Stöcken vom Leibe halten, während wir ein Grab für Dein armes kleines Pony gruben. Dort liegt es nun, und ich hoffe, Du kannst unserem wilden Hengst vergeben, daß er es so weit von seiner Heimat weggebracht hat, nur damit es in unserem öden Tal vor Erschöpfung stirbt. Welch schreckliches Schicksal nach soviel hingebungsvoller Treue.

Schon als wir abflogen, kam Tachi wieder zurück und suchte überall verzweifelt nach Petti. Er wußte, wo wir sie begraben hatten, und begann die Stelle mit Hufen und Nase aufzuwühlen. Vier Tage später war er noch immer dort, und wir warfen Futter für ihn ab. Am elften Tag war er verschwunden.

In der Zwischenzeit hatten wir die Gewißheit gewonnen, daß das kleine Fohlen am Leben bleiben würde. Es stand fest auf seinen Beinchen, aber das Problem war nun, eine Pflegemutter zu finden. Wir versuchten also, eine freundliche alte Stute, die selbst ein Fohlen hatte, dafür zu gewinnen.

Unglücklicherweise spüren unsere zahmen Pferde immer genau, wenn ein Fohlen Wildpferdblut hat, und wir fürchteten, es würde schwierig sein, die alte Stute zur Annahme des Fohlens zu bewegen. Das war aber nicht so. Pettis Fohlen ist ein sehr gefügiges kleines Pony, das jedem eifrig nachläuft. Es ging also einfach zu der alten Stute hin, als ob sie es längst erwartete. Sie biß es einmal, um ihm zu zeigen, wer der Herr war, und von da an blieb es einfach bei ihr.

Das ist alles, was es zu berichten gibt, Kitty, außer daß Gritti eine Woche später Zeuge des endgültigen und unvermeidlichen Kampfes zwischen Tachi und dem jungen Hengst wurde. Natürlich gewann Tachi. Er puffte und biß und erledigte den jungen Hengst völlig, der zwar tapfer, aber auch unbeherrscht und nicht klug kämpfte, wie Gritti berichtete. Schließlich lief er davon. Danach biß Tachi jedes Pferd in der Herde, sogar die Fohlen. Gritti sagt, er leckte sie auch mit seiner Zunge, aber mein Vater erklärt, das sei unmöglich. Jedenfalls ist Tachi nun

endlich Herr der Herde, zu der er mit so unbeirrbarer Entschlossenheit zurückgekehrt ist. Und er sucht bereits nach einem Ausweg aus den Bergen. Daher wird es jetzt eine schwierige Aufgabe für uns sein, die Herde dort eingeschlossen zu halten.

Nach einiger Zeit kehrte auch der junge Hengst wieder zur Herde zurück, so daß nun alle vereint sind. Gritti fragte bei der Akademie der Wissenschaften an, ob man plane, Tachi wieder einzufangen und zu Euch zurückzuschicken. Eine Woche lang bekam er keine Antwort. Dann trafen fünf Wissenschaftler aus Ulan Bator ein, um unser bemerkenswertes Pferd zu besichtigen. Nachdem sie sämtliche Einzelheiten über Tachi erfahren hatten, beschlossen sie noch an Ort und Stelle, daß es sinnlos wäre, ihn aus seinen Bergen wegzuholen. Er würde immer wieder ausbrechen und trachten zurückzukehren, ganz gleich, wohin man ihn brächte. Nun wird also Tachi für immer bei uns bleiben.

Zuerst dachten wir, wir würden auch das kleine Fohlen hier in unserer zahmen Herde behalten, aber nach einer Beratung, an der alle teilnahmen, meine ganze Familie, die Wissenschaftler, Gritti und die Nachbarn, beschlossen wir einstimmig, das Fohlen zu Dir zurückzuschicken, Kitty. Auf diese Weise wirst Du uns wenigstens in guter Erinnerung behalten und auch Deine kleine Stute Petti, die ganz Europa und halb Asien durchquerte, um bei Tachi bleiben zu können. Sie war ein treues und tapferes Pferd, und das ist für uns Mongolen neben einem guten Freund und einem treuen Kameraden das Beste, was es auf der Welt gibt.

Wir wissen nicht, wann das Fohlen weggeschickt wird. Wahrscheinlich, sobald es reisefähig ist und seine Pflegemutter nicht mehr braucht.

Inzwischen hoffe ich, Kitty, daß Du Dich in Deinem neuen

Zuhause in Portsmouth gut einlebst. Uns allen stoßen so viele traurige Dinge zu, daß es schon viel wert ist, wenn etwas nicht grausam oder häßlich oder unrecht ist, meinst Du nicht auch?

Das ist ein sehr trauriger Brief geworden, und ich habe ihn nur sehr ungern geschrieben. Aber vielleicht kommt alles doch noch zu einem glücklichen Ende. Ich hoffe es sehr, Kitty.

Dein stets treuer Freund
Baryut

21

Lieber Baryut!

Ich habe gedacht, ich müßte heulen wie ein Schloßhund, als ich in der Hälfte Deines Briefes begriff, was mit Petti geschehen würde. Ich habe es ja gewußt! Aber anscheinend kann ich nicht mehr richtig weinen. Jedenfalls nicht bei den richtigen Gelegenheiten, sondern meistens im falschen Moment, über ganz dumme Sachen.

Aber innerlich habe ich um Petti geweint. Und jedes Wochenende, wenn ich Großvater und Mrs. Evans besuche, habe ich noch immer das Gefühl, als würde Petti überall hinter mir herlaufen. Ich glaube, ich werde nie auf unser Hügelland hinausblicken können, ohne daran zu denken, wie wir uns beim Versteckspielen gegenseitig geneckt haben.

Aber ich bin froh, daß Petti mit Tachi durch dick und dünn gegangen ist. Großvater sagt, sie müssen einander schon ganz besonders gern gehabt haben, daß sie so wie Pech und Schwefel zusammenhielten. Großvater hat sich nun mit der Tatsache abgefunden, daß er Tachi nie wiedersehen wird. Aber Mrs. Evans war ganz in Tränen aufgelöst, als ich ihr Deinen Brief vorlas. Und sie hat gesagt, es täte ihr so leid, daß sie Petti manchmal wütend angeschrien hat. Großvater mußte ihr sagen, sie solle nicht so töricht sein, in Wirklichkeit hätte sie doch Petti genauso verwöhnt wie wir alle. Das tröstete Mrs. Evans einigermaßen. Und nun sind wir alle schon sehr neugierig auf Pettis Fohlen und warten ungeduldig auf seine Ankunft.

Ich mag mein neues Zuhause in Portsmouth recht gern, obwohl mir das Reservat und Großvater und Mrs. Evans sehr fehlen. Skip habe ich mitgenommen, das hilft mir ein bißchen. Aber mit der Zeit wird schon alles in Ordnung kommen, wenn ich mich erst an meinen Vater und meine Stiefmutter gewöhnt habe. Sie sind sehr nett und rücksichtsvoll und tun alles, um mir zu helfen. Nur weiß ich selbst oft nicht, was mit mir eigentlich los ist. Ich wünschte, ich wüßte es.

Das ist jetzt alles, was ich schreiben kann, Baryut. Vielen Dank für Deinen langen Brief, wenn er auch sehr traurig war.

Eine Extra-Umarmung für Deine Mutter und Deine Tante Seroghli für all ihre Mühe und Geduld und ihr großartiges Englisch.

Wie immer
Deine Kitty

PS Ich war schon zweimal Skifahren, und meine Eltern wollen mich nächsten Winter in die Schweiz mitnehmen. Das wird fabelhaft, wenn ich nur nicht dabei hinfalle und mir ein Bein breche. Ich finde Skifahren herrlich! K.

Liebe Kitty!

Das Fohlen, das wir Kitch genannt haben, ist vorige Woche hier abgereist, und Gritti sagt, es wird mit dem Flugzeug am 15. des Monats in England eintreffen, zusammen mit dem jungen Leithengst, den Tachi besiegt hat. Wir haben beschlossen, ihn Deinem Großvater zu schicken! Schreib mir, wenn Kitch ankommt. Ich wünschte nur, ich könnte mit ihm mitfliegen und Dich besuchen.

Dein Baryut

Lieber Baryut!

Das Fohlen ist angekommen (aber der Hengst noch nicht), und ich konnte mir nicht helfen, ich bekam geradezu einen Lachkrampf, aber einen echten, herzlichen, als ich es das erste Mal sah. Es ist so hübsch und so häßlich zugleich! Kitch hat Pettis sanfte Augen, aber auch Tachis komischen Bart und Kopf, und es schnaubt genau wie er. Ich finde auch, es geht genau wie Tachi, mit dem gleichen ungestümen, leicht bebenden Gang eines Wildpferdes, was sehr komisch wirkt, weil es doch sonst so zahm und anhänglich ist. Noch anhänglicher als Petti war. Mrs. Evans läßt es überhaupt nicht aus den Augen. Sie würde es höchstwahrscheinlich sogar in die Küche lassen, wenn Großvater es ihr nicht verboten hätte. Sie hängt schrecklich an ihm, und es hängt an ihr und auch an mir.

Ich denke sehr oft an Dich in letzter Zeit, wahrscheinlich wegen des Fohlens, und ich wünsche mehr denn je, daß Du nicht so weit weg wohntest. Ich möchte so gern, daß Du hier wärst und ich mit Dir reden könnte. Ich sehne mich danach, mit jemandem zu reden. Könntest Du mich und das Fohlen nicht besuchen?

Es ist doch merkwürdig, daß unsere beiden Pferde um die halbe Welt reisen konnten, quer durch zwei Erdteile, durch Europa und Asien, über Grenzen und hohe Berge hinweg, Schnee und Stürmen und Sümpfen und allen Unbilden zum Trotz, und wir beide können einander nur schreiben!

Also bitte, versuch doch zu kommen. Sag mir, ob ich irgend etwas tun kann, um es zu ermöglichen. Ich sehne mich so sehr danach, Dich zu sehen . . .

Ewig Deine Freundin
Kitty

PS Bemüh Dich, bitte!

Liebe Kitty!

Natürlich werde ich alles tun, damit ich Dich besuchen kann. Aber ich glaube, es ist einfacher, wenn Du herkommst. Wir würden Dir einen prima Empfang bereiten. Meine ganze Familie wäre so glücklich. Ich hätte dann das Gefühl, daß alles, was Tachi und Petti unternommen haben, sich gelohnt hat, sei es auch nur, um Dich hierher zu uns zu bringen. Ich könnte Dich überallhin in unsere Berge und in unser Weideland führen, wir könnten in unser Gebirge reiten, und niemand würde uns stören. Vielleicht können wir sogar unsere fünf fehlenden Wildpferde suchen. Versuch's doch, Kitty, und ich verspreche Dir, alles zu tun, was ich irgend kann.

Dein guter Freund
Baryut

Lieber Baryut!

Ich wage es noch kaum zu glauben, aber es ist tatsächlich möglich — wenn auch nur möglich! —, daß ich Dich vielleicht besuchen darf, wenn ich die Genehmigung bekomme, Großvater zu begleiten. Ich habe Großvater ununterbrochen gefragt und gequält, und schließlich sagte er, er würde versuchen, es zu bewerkstelligen. Vielleicht kann ich mit ihm mitkommen. Ich weiß es noch nicht. Aber ich bemühe mich mit aller Kraft. Wirklich mit aller Kraft.

Immer Deine Kitty

PS Ich schicke Dir ein neues Foto von mir, falls Du etwa glaubst, ich sehe immer noch so aus wie früher. Nichts bleibt lange gleich, nicht wahr? Ich am allerwenigsten. Das ist das Problem, scheint mir. Alles ändert sich so rasch, findest Du nicht auch? Die ganze Zeit. K.

Liebe Kitty !

Ich habe Gritti gefragt, ob er Dir eine Erlaubnis verschaffen kann, damit Du herkommen kannst. Gritti sagt, er wird alles tun, was in seiner Macht steht. Er ist nach Ulan Bator gefahren, um dort mit unseren Professoren zu sprechen. Er schwört, er wird alles für Dich regeln.

Dein B.

Lieber B.

Ich kann es noch gar nicht glauben. Aber es ist tatsächlich alles geregelt! Großvater bekam ein Telegramm aus Ulan Bator, das ihn zu einem „Seminar über das Wildpferd" an der Akademie der Wissenschaften einlädt. Zugleich mit ihm haben sie auch mich eingeladen. Als Ehrengast! Ich werde Dich also sehr bald sehen — unglaublich! Ich bin so glücklich darüber, Baryut, daß ich platzen könnte! Mir ist bereits so zumute, wie es Petti zumute gewesen sein muß, als sie zu ihrer langen Reise aufbrach, ohne zu wissen, was sie am Ende erwarten würde. Ich bin schon schrecklich neugierig!

Du mußt aber auch ganz bestimmt in Ulan Bator sein und mich abholen. Es wäre schrecklich, wenn Du nicht dort wärst. Ich wüßte nicht, was ich tun soll. Also bitte, sei dort und hol mich ab. Bitte!

K

PS Kitch ist doch tatsächlich in die Küche von Mrs. Evans gelangt, und sie hat ihn dazu gebracht, sich in einer Ecke niederzulegen. Sie hat es nicht zugelassen, daß Großvater ihn hinauswirft. Bitte sei dort, wenn ich ankomme! K.

Liebe Kitty!

Ich schreibe das auf englisch. Ich werde dort sein. Ich denke daran, daß ich Dich sehen werde. Ich weiß nicht, was ich sagen soll. Es wird ein wundervoller Tag für mich sein. Ich werde sehr glücklich sein! Ich hoffe, es wird für Dich genauso sein. Wir werden wie unsere beiden wunderbaren, schönen Pferde sein, wie Tachi und Petti. Ich glaube, jetzt werden wir für immer Freunde bleiben. Ich erwarte Dich sehr ungeduldig. Alles ist bereit.

Mit vieler Zuneigung von Deinem treuen
Kameraden und Freund und Bruder
Baryut Mingha